講談社文庫

新参

百万石の留守居役（三）

上田秀人

講談社

目次——新参　百万石の留守居役（三）

第一章　藩の顔　9

第二章　慣例の棘《とげ》　72

第三章　遊興の裏　138

第四章　留守居役の形　201

第五章　枕元の攻防　267

解説　細谷正充　336

金沢・江戸間の街道図
N
新潟
市振関所
高田
関川関所
北国街道
金沢
加賀藩
高岡
富山
富山藩
加賀藩領
善光寺
大聖寺
大聖寺藩
天領
上田
軽井沢
追分
碓氷関所
松井田
高崎
館林
日光
碓氷峠
下諏訪
塩尻
高山
福井
熊谷
浦和
日光街道
中山道
福島関所
板橋
甲州街道
関ケ原
江戸
名古屋
箱根関所
岡崎
東海道
駿府
新居関所

地図作成／ジェイ・マップ

〔留守居役《るすいやく》〕
主君の留守中に諸事を采配《さいはい》する役目。人脈をもつ世慣れた家臣がつとめることが多い。参勤交代が始まって以降は、幕府や他藩との交渉が主な役割に。外様《とざま》の藩にとっては、幕府の意向をいち早く察知し、外様潰《つぶ》しの施策から藩を守る役割が何より大切となる。

〔加賀《かが》藩士〕
藩主——人持《ひとも》ち組頭《くみがしら》七家（元禄《げんろく》以降に加賀八家）——人持ち組——平士——平士並《なみ》——与力（お目見え以下）——御徒《おかち》など——足軽など

藩主
前田綱紀《まえだつなのり》

人持ち組頭七家
本多安房政長《ほんだあわまさなが》（五万石）筆頭家老
長《ちょう》　尚連《ひさつら》（三万三千石）国人出身
横山玄位《よこやまはるたか》（三万七千石）江戸家老
前田孝貞《たかさだ》（二万一千石）
奥村時成《おくむらときなり》（一万四千石）奥村本家
奥村庸礼《やすひろ》（一万二千四百五十石）奥村分家
前田備後《びんご》直作《なおなり》（一万二千石）

平士
瀬能数馬《せのうかずま》（一千石）ほか

＊加賀藩歴代藩主の代の数え方について＊
前巻までは、利家《としいえ》を藩祖、利長《としなが》を初代としていましたが、本巻より利家を初代と数えることにいたします。綱紀は五代藩主となります。

〔第三巻『新参』——おもな登場人物〕

瀬能数馬《せのうかずま》　祖父が元旗本の若き加賀《かが》藩士。城下で襲われた重臣前田直作《まえだなおなり》を救い、筆頭家老本多《ほんだ》家の娘琴《こと》と婚約。直作の江戸行きに同行し、留守居役《るすいやく》を命ぜられる。

本多安房政長《あわまさなが》　五万石の加賀藩筆頭宿老《しゅくろう》。家康の謀臣《ぼうしん》本多正信《まさのぶ》が先祖。「堂々たる隠密《おんみつ》」。

琴　本多政長の娘。出戻りだが、五万石の姫君。数馬を気に入り婚約する。

佐奈《さな》　琴の侍女。琴の命《めい》で、江戸の数馬の世話をする。

林彦之進《はやしひこのしん》　政長の家臣。世慣れており、数馬の江戸行きを補佐する。

石動庫之介《いするぎくらのすけ》　瀬能家の家士。大太刀の遣《つか》い手《て》で、数馬の剣の稽古《けいこ》相手。介者剣術《かいしゃけんじゅつ》。

小沢兵衛《おざわひょうえ》　もと加賀藩留守居役。秘事を漏《も》らし逃走し、老中堀田《ほった》家留守居役に転じる。

五木《いつき》　加賀藩留守居役。新米の数馬の指導役。

猪野兵庫《いのひょうご》　もと加賀藩士。御為派《おためは》の急先鋒で、前田直作の襲撃に失敗し、仲間と浪人に。

前田綱紀《つなのり》　加賀藩五代当主。利家《としいえ》の再来との期待も高い。二代将軍秀忠《ひでただ》の曾孫《そうそん》。

徳川綱豊《とくがわつなとよ》　甲府藩主。三代将軍家光《いえみつ》の三男綱重《つなしげ》が父。次期将軍候補の一人。

徳川綱吉《つなよし》　館林《たてばやし》藩主。家光の子で綱重の末弟。次期将軍候補の一人。

堀田備中守正俊《びっちゅうのかみまさとし》　老中。父正盛《まさもり》は蛍《ほたる》大名とあだ名された。次期将軍に綱吉擁立《ようりつ》を狙う。

酒井雅楽頭忠清《さかいうたのかみただきよ》　大老。幕政の実権を握る御用部屋の中心。下馬《げば》将軍と称される。

徳川光圀《みつくに》　前《さき》の水戸藩主。徳川御三家として、将軍継承に口を挟むご老公。

徳川家綱《いえつな》　四代将軍。そうせい侯と揶揄《やゆ》される。後継未定のまま病に伏せる。

新参

百万石の留守居役（三）

第一章　藩の顔

一

留守居役《るすいやく》は藩の顔である。

幕府との交渉はもとより、他藩との折衝《せっしょう》もおこない、少しでも自藩にとってよいように話をまとめる。

また要件によっては、いちいち藩主や家老の許可を得ていたのでは手遅れになることも多く、あるていどの裁量も預けられる。

当然、藩政に対する一定以上の知識が求められた。

そしてなにより、辛抱強くなければならなかった。

なにせ、留守居役の任のほとんどは、他人との遣《や》り取《と》りなのだ。そこで、簡単に怒気を発し、席を立ってしまうようでは、話にならなかった。

「…………」

江戸城留守居溜《だまり》へ顔を出した加賀藩《かがはん》留守居役六郷大和《ろくごうやまと》は顔をゆがめた。

「ご無沙汰《ぶさた》でござる」

六郷の前に座っている小沢兵衛《おざわひょうえ》がぬけぬけと挨拶《あいさつ》をした。

「縁あって、このたび堀田家《ほったけ》に仕官いたすことになりましてな。長らく留守居役をしていたというのもあり、堀田家でも同役を相務《あい》めることになり申した」

小沢兵衛はもと加賀藩留守居役であった。幕府役人の接待など自在に金が使えるという立場を利用して公金を横領しただけでなく、主家の秘密を外に漏《も》らしたかどで、捕まる寸前に逐電《ちくでん》していた。その小沢兵衛が江戸城蘇鉄《そてつ》の間《ま》、通称留守居溜でぬけぬけと六郷へ声をかけてきた。

「今までは同僚でございましたが、今後は同役としてよろしくお願いいたしますぞ」

小沢がにこやかに笑った。

「……こちらこそ」

六郷はそう応えるのが精一杯であった。

「では」

ゆうゆうと小沢が去っていった。

逃散者《ちょうさんしゃ》は罪人である。武家にとって逐電《ちくでん》は謀反《むほん》の次に罪が重い。当たり前である。戦場で敵が多いからといって逃げ出されてはたまったものではない。戦場で命をかけて戦うと思えばこそ、主君はなにもない日々に禄《ろく》を払っているのだ。

また、主君からすれば、家臣に逃げ出されるのは恥でしかなかった。仕えるに値しない主君だから見限ったともとれるのだ。

当然、逐電者を藩が見逃すはずもなかった。

逐電者が出れば、上意討ちが出される。戦国の気風が色濃い延宝《えんぽう》の世である。加賀藩五代藩主前田《まえだ》加賀守《かがのかみ》綱紀《つなのり》も小沢を捨て置かなかった。

「ひそかに見つけ出せ」

綱紀は、江戸に多くの藩士を放った。

「見つけても、声をあげて斬りかかるようなまねをするな。人を集め、決して逃さぬようにして藩邸まで連れてこい」

通常上意討ちは、見つけたその場で討ち果たす。それをあえてしなかったのは、小沢が留守居役だったからだ。

留守居役は、藩の秘事を知る。大々的に上意討ちを出せば、やけになった小沢がどのようなまねをするか。それこそ、前田家の首根っこを押さえることのできる秘事を、どこぞの藩に売りかねない。いや、幕府へ訴えるかも知れなかった。

小沢の追捕が表沙汰《おもてざた》にできないだけに、奉公構《ほうこうかま》い状《じょう》を他家へ回すことも控えなければならなかった。

奉公構い状とは、武家でも商家でも奉公人が不都合を働いたときに出すものである。普通に馘首《かくしゅ》するだけではおさまらない場合、何も知らずに雇えば新しい奉公先でも悪事をしでかしかねないときに出された。

「何某《なにがし》、不都合これ在《あ》るにより、当家を追放致し候《そうろう》。つきましては、そちらでもお雇いになられませぬよう」

そう通知するもので、奉公構い状を出された者は、まず他家に雇い入れられることはなかった。

もし、奉公構い状が出ていることを知りながら、雇い入れた場合は、出した側との絶縁、あるいは争闘を覚悟しなければならなくなる。

その例として有名なのが、戦国末期の英雄後藤又兵衛基次《ごとうまたべえもとつぐ》であった。福岡黒田家《くろだけ》の重臣であった後藤又兵衛は、主君黒田長政《ながまさ》と折り合いが悪かった。長政の父官兵衛如水《かんべえじょすい》が実子長政より、又兵衛をかわいがったからだというが、如水の死後、長政は露骨に又兵衛を疎外した。

関ヶ原《せきがはら》は終わり、天下は徳川家《とくがわけ》のものとなったが、まだ戦国といっていいころである。名のある武士、腕に覚えのある侍は、己《おのれ》が仕えるにふさわしい主君を求めて、放浪するのが当たり前だった。長政に愛想を尽かした又兵衛は、一族郎党を引き連れて黒田家を退散し、浪人となった。

黒田家に又兵衛ありと知られていた豪傑の離反を知った諸大名は、次々に仕官の声をかけた。それに対し、黒田家が奉公構い状を出した。それでも又兵衛を抱えた播磨《はりま》国主池田輝政《いけだてるまさ》の一族忠継《ただつぐ》へ、長政は戦《いくさ》の用意をしたうえで追放を求めた。あやうく両家の戦いが始まりそうになったため、又兵衛は池田家を退身、のち、大坂《おおさか》の陣で豊臣家《とよとみけ》につき、討ち死にした。

武家の奉公構いとは、ここまで重い。

だけに、なかなか出しにくかった。

また、前田家も百万石を狙う大老酒井雅楽頭忠清《さかいうたのかみただきよ》の攻勢に晒《さら》されていたという状況下でもあり、目立つようなまねができなかった。

その隙《すき》を突かれた。小沢兵衛は、老中堀田備中守正俊《びっちゅうのかみまさとし》の家臣となっていた。

「そうか」

下城した六郷から報告を受けた綱紀が苦い顔をした。

「これが、そのあたりの大名ならば、無理矢理にでもねじこみ、放逐させるのだが
……」

「備中守さまのご家中とあれば」

江戸家老村井次郎衛門《むらいじろうえもん》も苦渋に満ちた表情を浮かべた。

外様とはいえ、加賀の前田家の影響力は強い。諸侯最大の百万石を誇る領地、七千をこえる家臣と、肩を並べられる諸侯はない。そのうえ、当主綱紀が、徳川家康の玄孫にあたるのだ。御三家や越前松平《えちぜんまつだいら》などの徳川一門、薩摩《さつま》、伊達《だて》、細川《ほそかわ》など一部の大名は別として、その他の諸侯へ無理難題を押しつけるだけの力を前田家は持っていた。

ただ、老中だけは別格であった。幕政を差配する執政衆には、御三家でさえ気を遣《つか》う。

なにより執政衆を相手にするのは、賢い選択ではなかった。

「うかつに文句をつけて、逆ねじを喰《く》らわされてもな」

「お手伝い普請《ぶしん》でございますか」

綱紀の言葉に、村井が一層頬《いっそうほお》をゆがめた。

お手伝い普請とは、江戸城の修復や社寺の造営などを幕府が外様大名に命じてさせることである。お手伝いとは名ばかりで、その費用、人手の工面など、すべてが外様大名の持ち出しになった。一度お手伝い普請をさせられれば、数万両をこえる負担となりかねない。百万石の前田家とはいえ、何一つ身に付かない出費は避けたかった。

「かといって、なにもしないというわけにも……」

村井が綱紀の顔色を窺《うかが》った。

「…………」

綱紀が沈黙した。

「留守居役を務めていただけに小沢は、当家の内情をよく知っておりまする」

「もう備中守に話しているだろう」

「それはないかと」

大きく村井が首を左右に振った。

「小沢は、小者でございまする。小者ほど、己の弱さをよく知っておりますれば、すべてを話し、己の価値を失うようなまねはいたしますまい。そもそも小沢が堀田家に仕官できたのも、加賀前田家にいたという経歴のおかげ。老中堀田備中守さまが、小沢を手札として百万石の加賀藩を取りこもうとお考えになられた結果。小沢もそれくらいのことには気づいておりましょう。でなければ、留守居役など務まりませぬ」

「なるほど。小沢は、堀田に捨てられぬよう、加賀の秘事を小出しにすると」

綱紀が納得した。

「次郎衛門、小沢はどこまで知っている」

「幸いなことにあやつは代々の江戸詰《づめ》、国元の事情には昏《くら》いはずでございまする」

問うた綱紀に、村井が答えた。

「それでも噂《うわさ》くらいは知っておろう。能登《のと》での抜け荷や、大老酒井雅楽頭の思惑を潰《つぶ》すために動いた前田直作《なおなり》のことなど」

「……はい」

申しわけなさそうに、村井が頭《こうべ》を垂れた。

「確たる証拠はなくとも、噂だけで老中は動く」

「隠密《おんみつ》を入れて参りましょうか」

「まちがいなくな。しくじったか。五代将軍の話、もう少し引き延ばしておくべきであったわ。将軍継嗣《けいし》の一人であれば、備中守も表立って動けなかっただろう。雅楽頭の思惑を利用し、今しばらく盾《たて》として使えばよかったわ」

綱紀がほぞを噛《か》んだ。

雅楽頭とは、大老酒井雅楽頭忠清のことだ。四代将軍家綱の補佐として大政を預かる酒井雅楽頭の権威は、下馬《げば》将軍といわれるほど強大であった。その酒井雅楽頭が、病床に伏す家綱《いえつな》の後継者として、綱紀を指名してきた。が、綱紀は、その裏にある加賀百万石取り潰しの策を見抜き、酒井雅楽頭の誘いを断った。

いかに堀田備中守が老中であっても、権比類なき大老酒井雅楽頭には逆らえない。綱紀が酒井雅楽頭の手駒で居続ける間は、という限定はつくが、前田家の安泰は保証された。

「いえ。殿のご決断はまちがっておられませぬ」

村井が断言した。

「口にするのも畏《おそ》れ多いことながら、上様のご寿命はいつ尽きられてもおかしくないとか。もし、殿がお断りをなされる前に、上様がお亡くなりになられるようなことがあれば、否も応もなく、加賀は五代将軍の座を巡る争いの当事者となりましたでしょう。甲府《こうふ》公、館林《たてばやし》公、御三家、越前松平家などと血みどろの争いをいたさねばなりませんでした。外様の当家には勝ち目のない争い。勝ちを譲ろうが、わざと負けようが、五代将軍となったお方の憎しみを受け、どれほどの災厄《さいやく》が前田家に降りかかってきたかわかりませせぬ。巻きこまれる前に降りた。殿のご英断が加賀前田家を救ったのでございまする」

「であればよいのだがな」

綱紀が小さく嘆息した。

「話を戻そう。小沢だがこのまま放置するわけにはいかぬ。いつまでも備中守が、加賀への手出しを我慢するとは思えぬ。備中守が、五代将軍選定に気が向いている間に手を打たねばの」

「はい」

「かといっていまさら上意討ちもできぬ」

「…………」

無言で村井が綱紀の言葉を待った。

「密かに始末いたせ」

綱紀が低い声で命じた。

「わかりましてございまする」

村井が首肯《しゆこう》した。

「念を押すまでもないと思うが、加賀の名前が出るようなまねをするなよ。急がねばならぬとはいえ、無理をして失敗だけはするな。殺されかけた鼠《ねずみ》がなにをしでかすかわからぬ」

慎重に運べと告げた後、綱紀が眉《まゆ》をひそめた。

「小沢という加賀にとっての火薬を取りこんだ堀田備中守に、これ以上力を持たせてはならぬ。かつて酒井雅楽頭が大老となって、越後《えちご》高田《たかだ》を潰《つぶ》したように、権を握った者はその力を誇示したがる。とくに家光さまに尻を差し出して出世した蛍《ほたる》大名と陰口を叩《たた》かれている堀田家だ。その悪口を黙らせるための見せしめ、いや、生け贄《にえ》として百万石ほど派手なものはあるまい」

「狙ってきましょうか」

村井が問うた。

「冷遇されてきた者の恨《うら》みをなめるな。幕府にぶつけられぬ悔《くや》しさの八つ当たり先として、加賀はなによりなのだ。なにせ土井《どい》大炊頭《おおいのかみ》、松平伊豆守《まつだいらいずのかみ》、酒井雅楽頭と歴代の筆頭執政でさえ手出しできなかった加賀を潰せれば、堀田備中守の名はこれ以上ないほどにあがるからの。そうなれば誰も堀田備中守のやることに反対はできなくなる。下馬将軍と呼ばれた雅楽頭以上の権を誇れるのだぞ」

大きく息を吐《は》きながら、綱紀が語った。

「心いたしまする」

村井が応えた。

「任せた」

綱紀が小沢の話を終えた。

「次に、瀬能数馬《せのうかずま》はどうしている。ちと留守居をさせるには若すぎたか」

「ただいま留守居役とはどのようなものかを学ばせております。今少しときをお与え下さいませ」

訊《き》かれて村井が告げた。

「うむ。十分に鍛えよ。瀬能は鳴子《なるこ》じゃ」

鳴子とは、音の鳴るものをつけ、張り巡らせた縄のことだ。それに敵や動物が触れると音がして、接近を報《しら》せる。

「鳴らない鳴子では困る」

綱紀が述べた。

「敵に取りこまれてしまえば、鳴らなくなる。瀬能の扱いは難しいぞ」

「心いたしまする」

「頼んだぞ」

密談は終わったと綱紀が、村井の退出を許した。

二

　瀬能数馬は、加賀藩上屋敷の長屋で与えられた書物を読んでいた。

「三代藩主利常《としつね》公は、寛永《かんえい》六年（一六二九）三代将軍家光《いえみつ》公に遠慮なされ、利光の名前を変えられた。そのご配慮を喜ばれた家光公は、利常公の嫡子利高《ちゃくしとしたか》公に、偏諱《へんき》をお与えになられ、光高《みつたか》とのお名乗りを許された」

　数馬が読んでいるのは、加賀前田家の歴史であった。

「さて、ここからわかることはなんじゃ」

　黙って見ていた老年の武士が数馬に問いかけた。

「藩主公と将軍家のご交流が見えましてございまする」

　数馬が答えた。

「そうだ。藩主公の気遣《きづか》いを家光さまは受け取られただけではなく、光高さまにお返し下さった。ここからも、前田と将軍家の近しさが見てとれる」

　年老いた武士が胸を張った。

「他家が同じことをいたしても、まず偏諱は下されぬ。そのまま名前を変えて終わりじゃ」

「はあ」

実例を見ていないのだ、数馬は気のない返答をした。

「なんじゃ、その身の入っていない態度は」

「失礼をいたしましてございまする」

叱《しか》られて数馬は詫《わ》びた。

「まったく、昨今の若い者は、故事を学ぼうとせぬ。金勘定《かねかんじょう》ばかりうまくなり、出世の頼みとなりそうな者にのみおもねる。この武藤進右衛門《むとうしんえもん》が、そなたの歳ごろのときは、天晴《あっぱ》れ武士《もののふ》となるべく毎日鍛錬《たんれん》と勉学に明け暮れたものだ。このような気の落ち着かぬ者が藩の顔、留守居役となってやっていけるとはとても思えぬ」

武藤が数馬をにらんだ。

「…………」

数馬は黙った。

留守居役とは、藩と幕府や他の大名の間を遣り取りする役目である。互いの面目や利害が絡むだけでも、ややこしいのに、そのうえ藩の利益となるようにことを誘導しなければならない。用人や物頭《ものがしら》などを歴任し、世知に長《た》けた老練な藩士が命じられる役目であり、数馬のようにまだ二十三歳になったばかりの若輩が任じられるものではなかった。

「本多《ほんだ》どのの娘婿《むすめむこ》だからであろうが……」

あきれはてたような表情で武藤が、数馬を見つめた。

「聞き捨てなりませぬ。義父《ちち》の引きというのは否定いたしませぬが、わたくしを留守居役に命じられたのは殿でござる」

「……な、なにを」

怒った数馬に、武藤が驚いた。

「わたくしに能がないとのお言葉は甘んじて受けましょう。しかし、義父や殿がそれを見抜く目がないともとれる言いようは、捨て置けませぬ」

「そのようなつもりで……」

筆頭宿老《しゆくろう》と主君の名前を出されては、反論のしようがない。武藤が詰まった。

「失礼をいたしまする。旦那《だんな》さま」

そこへ書斎の襖《ふすま》の外から、若い女の声がした。

「……佐奈《さな》か、どうした」

数馬は怒気を抑えこみ、襖を開ける許可を出した。

「もう暮れ六つ（午後六時ごろ）でございまするが」

襖を開けて顔を出した女中の佐奈が刻限を告げた。

「そうか。武藤氏《うじ》」

数馬が武藤へ顔を向けた。

「うむ。一向に進まぬのは心外だが、ここまでにしよう。明日もいつものように昼過ぎにまいる。それまでに、今日のところの前後を確認しておかれよ」

詰問から逃げられると知った武藤がほっと息を吐《つ》き帰っていった。

「庫之介《くらのすけ》」

見送った数馬は、家士を呼んだ。

「これに」

小走りに近づいた石動《いするぎ》庫之介が片膝《かたひざ》をついた。

「稽古《けいこ》につきあえ」

数馬は不満の解消に身体《からだ》を動かしたくなった。

「はっ」

石動が承諾した。

瀬能数馬は千石取りである。百万石の前田家では、五万石の本多家を始め万石をこえる家臣もおり、さほど高禄というほどではないが、それでも上士の端にはひっかかる。藩邸に付随《ふずい》した長屋とはいえ、冠木門《かぶきもん》を備え、そこそこな広さの庭もあった。

数馬と石動は手に木刀を持って対峙《たいじ》した。

「そろそろ日が暮れまするが」

石動が一応の確認をした。

「敵は日がないからといって、遠慮はしてくれまい」

数馬は述べた。

「たしかに」

石動が同意した。金沢から江戸に出る道中で、何度も襲われた二人は、嫌というほど、実戦を経験していた。

「参るぞ」

「どうぞ」

宣した数馬に、石動が応じた。

「おう」

数馬が木刀を上段に構えた。

「…………」

合わせて石動が下段へと木刀を構えた。

「りゃああ」

すべるような足運びで三間（約五・四メートル）の間合いを数馬が縮めた。

「ぬん」

初手は石動であった。

石動は介者剣術《かいしゃけんじゅつ》の遣い手であった。

戦場で鎧《よろい》武者を相手にするため生まれたのが介者剣術である。繰り返された戦いで、積み重ねられた経験でなりたつ介者剣術は、人をどうやって一撃で殺すかということに特化していた。

大きく踏み出した石動が、地を擦《す》るほど低い位置から切っ先を上げた。

「なんの」

数馬は木刀で受けた。甲高《かんだか》い音がして、石動の一撃が止まった。

「えいっ」

ぶつかった反動を利用した数馬は、木刀を少しだけ上げて突いた。

「……………」

大きく後ろへ退いて石動がかわした。

「ふっ」

小さく息を吐《は》いて、すかさず数馬は追撃に出た。

「いけませぬ」

石動の木刀がふたたび下から伸びてきた。

「ちっ」

不用意な踏みこみは、下段の餌食《えじき》であった。迎え撃とうにも、数馬の木刀は突きを放った体勢のまま前にあった。

「くうう」

数馬は、前に出る勢いをそのまま使い、身体《からだ》を左へとひねった。

「……甘うございますな」

「ああ」

石動の木刀が、数馬の左足太股《ふともも》に触れていた。

「怒りを剣に乗せるのは感心いたしませぬ」

しっかり石動が見抜いていた。

「あと……焦《あせ》りすぎでござる」

もう一つ石動が付け加えた。

「わかっているのだがな……」

木刀を引きながら、数馬は嘆息した。

「峠での戦いでございますな」

「ああ」

石動の言葉に、数馬はうなずいた。

先日、江戸へ呼び出された藩主一門前田直作《なおなり》の護衛を命じられた数馬は、中山道《なかせんどう》の難所碓氷《うすい》峠で敵の襲撃を受けた。鉄炮《てっぽう》まで持ち出した敵の攻撃は、激烈を極め、一時は前田直作の命も危ないところであった。

「間に合わぬとの恐怖が抜けぬ」

数馬が首を左右に振った。

初撃の鉄炮は数馬の策で無為にできた。だが、乱戦となったところで、ふたたび鉄炮が前田直作に向けられた。そのとき、数馬は敵と斬り結んでおり、鉄炮の撃ち手へ攻撃を加えることも、前田直作の援護へ回ることもできなかった。

撃ち手が誰とも知れぬ矢で射殺されたおかげで、鉄炮は当たらず、前田直作は助かったが、護衛としてはふがいない結果であった。

「あのとき、さっさと目の前の相手を倒していれば、十分鉄炮を邪魔できた。そう思うとな」

「殿」

数馬の悔恨を聞いた石動が険しい声を出した。

「神になられるおつもりか」

「なにを」

厳しい言いように、数馬は驚いた。

石動は父の代から仕えてくれている家士である。年齢《とし》も数馬より十歳以上離れてお
り、日頃は分を守った忠実な態度で接していた。その石動が数馬を叱りつけた。

「一人ですべてをなされるとでも」

「そんなことは思っていない。ただ、あの戦いを教訓として、吾《われ》は前に進みたいと思
っているのだ」

数馬は言い返した。

「教訓にされたとは思えませぬ。今のは吾《わ》が身を顧《かえり》みない動きでございましょう」

口調を緩めることなく、石動が述べた。

「護衛の任は、吾が身よりも守るべきお方を中心にせねばなるまい」

「隙だらけの体勢で、捨て身の一撃を放つ。たしかに一撃で敵を倒せば、何よりでご

ざいますな」

「であろう」

家士が納得してくれたと数馬は頬を緩めた。

「敵が二人以上いたときはどうなさる。殿が一人と相討ちになられたとして、その後、守らねばならぬお方はどうなられる」

「うっ……」

数馬は詰まった。

「それでは複数の敵が来たら、終わりではないか。敵よりも多い警固《けいご》を出せればいいが、そうでないときはあきらめろというか」

反論を数馬は展開した。

「基本はそうあるべきでございましょう。守り手が多ければ、相手は逡《しゅん》巡《じゅん》しましょう。勝ち目がない戦いを挑むほど愚かでなければ。また、襲う側にしても緊張しておりましょう。緊張は身体の筋に力を入れまする。要《い》らぬ力は、筋を固め、剣の伸びを阻害いたしまする。それだけ数の差は大きい」

石動が数馬の論を認めた。

「では、少数には負けしかないではないか」

「同じように戦うという条件が付けば、衆寡《しゅうか》敵せず、は真理でございまする」

「……どういうことだ」

「殿。守るとはなんでございましょう。かならず敵を倒さねばなりませぬので」

「なんだと……」

問いに質問で返されて、数馬はとまどった。

「守るだけならば、敵を倒さずともよろしい」

「………」

己の問いに石動が答えた。

「倒さずに守るだと」

「さようでございまする。敵は少なくとも、守られているお方の命を取らねばなりませぬ。それも殿の邪魔を排して」

「ああ」

それはわかると数馬は首肯した。

「そう、殿は邪魔をするだけでよろしい」

石動が告げた。

「倒すことはできなくとも、邪魔だけならば、相手が二人でもできましょう」

「いろいろと条件がいるぞ。いかに邪魔するだけとはいえ、こちらが不利なのは変わらぬ。吾の力が尽きればそれまで。また、守るに徹したとしても、背後から来られては難しい。敵の攻撃が見える範囲であり、飛び道具などないという条件もつく」

数馬は難しいと言った。

「はい」

あっさりと石動が認めた。

「であろう。だから、敵は倒さねばならぬ」

結論を数馬は口にした。

「それでは、堂々巡りでございましょう」

歳上の石動が苦笑した。

「籠城《ろうじょう》戦とお考えになられればよろしいかと。籠城戦で勝つにはなにが要りようでございましょう」

「……援軍だ」

数馬は答えた。

城に籠《こ》もらなければならなくなる。これは味方の数が敵より少ないことを示している。野戦をすれば負けるため、城に籠もり攻撃にひたすら耐えるのだ。

「はい。土地によっては、冬まで粘れば、雪が積もって敵が退いてくれることもありましょうが、通常は援軍なしの籠城戦は負けでございまする。城攻めには三倍の兵力がいると申しますが、封鎖されれば補給できない城側は持ちませぬ」

「豊臣秀吉《とよとみひでよし》の三木城干殺《みきじようほしごろ》しだな」

まだ織田信長《おだのぶなが》が本能寺《ほんのうじ》で明智光秀《あけちみつひで》に殺される前、当時羽柴《はしば》と名乗っていた豊臣秀吉は、播磨《はりま》の三木城に籠もる別所長治《べつしよながはる》を攻めた。

別所長治は三木城の堅牢さと毛利《もうり》の後詰めをあてに籠城したが、補給を完全に封じられたうえ援軍が来ず、降伏せざるを得なかった。

「はい。しかし、あれも援軍が来ればもちましたでしょう」

「であろうな」

石動の意見に数馬はうなずいた。

「味方を作れというか。それも確実に手助けしてくれる真の味方を」

数馬は石動の言いたいことを理解した。

「…………」

無言ながらはっきりと石動が首を縦に振った。

「ふうむ。味方が来るまで刺客の邪魔をすればいい……か」

「それならば、さほど難しくはございますまい。もちろん、襲われた場所が、壁にするものさえない野原では無理でございましょうが。援軍が来るとわかっていれば、殿は無理をなさらずともよく、余裕を持って対峙できましょう。それに比して、敵は援軍が来るまでにかたをつけなければならぬとなれば、焦《あせ》りもでましょう」

数馬も理解した。

「護《まも》るほうが有利だ」

「それを踏まえたうえで、もう一度」

石動が稽古の再開を促した。

「わかった」

数馬は木刀を下段に構えた。

すでに日は落ちていた。月はまだ昇っておらず、庭にはわずかな残照しかなかった。

「…………」

互いの顔さえわからぬ状況で、数馬は仕掛けた。

小刻みに歩を抑えつつ、間合いを詰めた。

足下がはっきりしないときに、大きく踏み出さないのも心得であった。数馬が、祖父、父から教えられた香取神道流《かとりしんとうりゅう》は、多くの剣術の祖となった古流である。だけに、道場での稽古より、あらゆる場所での鍛錬を重視した。

「闇では、目よりも、つま先、切っ先で相手を見よ」

祖父数右衛門《かずえもん》が、夜稽古のときに数馬へ教えた極意である。

「犬は目よりも先にある鼻ですべてを知る。人も同じよ。切っ先もつま先も、目より先にある。相手にそれだけ近い。それをつうじて相手を感じよ」

数右衛門の教えを当初、数馬は理解できなかった。なにせ、つま先にも切っ先にも目はつながっていないのだ。

「わからぬか。こればかりは、手取り足取り教えてやるわけにはいかぬ。自らで感じねばな。焦《あせ》らずともよい。儂《わし》は十年かかった」

祖父が孫を慰《なぐさ》めた。

「つま先で足場を探り、切っ先で相手との間合いを計る」

その意味を理解するのに、数馬は八年かかった。だが、それ以降、闇への恐怖はなくなった。

「……ぬん」

足場を固め、動かずに待っていた石動が、木刀を真っ向から振り落とした。

「おう」

一撃の起こす風を切っ先で感じた数馬は、身体を左へ開きながら斬り上げた。

「…………」

半歩右足を引いて、石動がかわした。

「逃がさぬ」

空を斬った木刀に、一度天を指させて、数馬は落とした。

「やあぁ」

木刀の柄で石動が受けた。

「……これまでにしよう」

身体が接するくらい近い間合いとなったところで、数馬は終わりを宣した。

「佐奈が待ちくたびれている」

数馬は縁側に座っている佐奈へと顔を向けた。

「夕餉《ゆうげ》の用意が調《ととの》いましてございまする」

目が合った佐奈が、両手を縁側について頭をさげた。

三

江戸詰《づめ》になって間もない数馬のもとには、同行してきた石動と、いつのまにか来ていた佐奈しかいない。千石取りの留守居役としては不十分なため、急ぎ国元から家士と小者を江戸へ呼んでいるが、まだ着いていなかった。

「お着替えをなされませ」

夕餉の前に、佐奈が数馬を促《うなが》した。

「……一人でできるぞ」

「姫さまより、数馬さまのお世話をいたすようにと命じられておりまする」

数馬は抵抗を試みたが、佐奈の拒絶にあった。

正確にいえば、佐奈は瀬能家の奉公人ではなかった。佐奈は加賀藩筆頭宿老《しゅくろう》である本多安房《あわ》政長の娘琴姫《ことひめ》の侍女であった。琴姫との縁談が決まった数馬の世話をするため、江戸へ出てきたのである。

「どうぞ、汗をお拭《ぬぐ》い下さいませ」

固く絞った手ぬぐいを佐奈が差し出した。

「わかった」

あきらめて数馬は手ぬぐいを受け取り、もろ肌脱ぎになった。ここでためらえば、佐奈が身体を拭《ふ》こうとする。

「これをお召し下さいませ」

寝間着として使用している浴衣《ゆかた》を佐奈が数馬の後ろから着せかけた。

「うむ」

手早く数馬が袖《そで》をとおす間に、佐奈の手が前へ回され、袴《はかま》の紐《ひも》を解《ほど》いた。

「…………」

背中に触れる佐奈の身体の柔らかさに、数馬は戸惑った。

「帯を失礼いたしまする」

袴を脱がせた佐奈が、前に回り帯を結んだ。

まともな武家では女が当主の身支度《みじたく》をおこなうことはない。男の家士の仕事である。膝立《ひざだ》ちしている佐奈のうなじを真下に見下ろす形になって、数馬は困惑していた。

「佐奈、やはりこれは……」

「お慣れいただきまする」

説諭《せつゆ》しようとした数馬を佐奈が遮《さえぎ》った。

「姫さまをお娶《めと》りになられるのでございまする。このていどのことを気になされては困りまする」

「このていど……」

「はい。おわかりでございますか。琴さまは、五万石本多家の姫君。身分こそ陪臣《ばいしん》ではございますが、そこいらの譜代大名など足下に及ばぬ出自《しゅつじ》のお方」

佐奈が話した。

本多家は数奇な経緯を経て、加賀前田家の筆頭宿老となった。その名字からわかるように、加賀の本多は、かの徳川家康の謀臣《ぼうしん》本多佐渡守正信《さどのかみまさのぶ》の次男政重《まさしげ》を祖としていた。

本多政重は徳川家に仕えていたが、同僚と諍《いさか》いを起こし、これを殺害して逐電した。世は戦国、ようやく豊臣秀吉が天下を統一したころである。徳川家を離れた政重は、大谷吉継《おおたによしつぐ》、宇喜多秀家《うきたひでいえ》と主君を変え、なんと関ヶ原では西軍として家康と戦った。

徳川の家臣だった過去を捨て、敵対した政重をなぜか家康は咎《とが》めなかった。

関ヶ原の後、政重は福島政則《ふくしままさのり》、前田利長《としなが》、上杉景勝《うえすぎかげかつ》と転属、上杉ではその重臣直江《なおえ》兼続《かねつぐ》の娘婿となった。やがて、その上杉家も離れ、前田家へ帰参し、今にいたっている。

「その姫さまの夫君となられるのでございましょう。大名と同様の生活にお慣れいただきませんと」

佐奈が述べた。

「大名……」

数馬は息を呑《の》んだ。

「さようでございまする。他人に世話されるのが当たり前とならねば」

「慣れているつもりだが」

数馬は情けない顔をした。

千石といえば、そこいらの藩では家老も出せる上士である。加賀藩では平士でしかないとはいえ、家臣も多い。侍身分だけでも、石動を始め七人いる。小者、女中のたぐいまで入れると、家中すべてで二十名をこえるのだ。

「いいえ」

あっさりと佐奈が否認した。

「要らぬところに力が入りすぎておられまする。それはお慣れでない証拠」

佐奈が、数馬の太股《ふともも》に触れた。

「女人の世話を受けるのは初めてゆえな」

その感触をごまかすように、数馬は言いわけした。

「いたしかたございませぬが、できるだけ早くお馴染《なじ》みくださいますよう」

帯を締め終わって、佐奈が一礼した。

武家の夕餉は質素である。数馬の前に置かれた膳《ぜん》には、汁と漬けもの、それに干した鰯《いわし》だけしかなかった。

「慣れぬな」

干し鰯をかじりながら、数馬はぼやいた。

「塩辛いにもほどがある。金沢であれば、これほど塩をきかせぬものを」

海が近い金沢では、毎日出入りの魚屋が近海でとれた魚を持ちこんできた。さすがに鯖《さば》などは、塩をするか酢《す》じめにするが、ほとんどは生のままで運ばれ、屋敷で焼くなり、煮るなりされる。

「米もまずい」

数馬は口に入れた飯を白湯《さゆ》で流しこむようにした。

瀬能家は千石とれる領地を藩から与えられている。おおむね五公五民なので、年貢は五百石となる。そのほとんどを売り払い金にするが、屋敷で消費するぶんは玄米で蔵に保存され、そこから一日に食べる量を出し、精米して炊《た》いている。

「殿」

給仕している佐奈が声を出した。

「米も魚も屋敷出入りの商人から買ったもの。国元のように、新しいものばかりとは参りませぬ」

佐奈が注意した。

「……わかっているつもりだが……」

数馬は湯飲みを見た。

「水も合わぬ。このまま江戸詰となるかと思えば、気が重いわ」

江戸の水は悪い。もともと湿地帯で水はけが悪く、滞留してしまうため、良質な水が手に入りにくいのだ。幕府が多摩川《たまがわ》から水を引いているとはいえ、長い距離を木の樋《とい》で運ばれた影響で、匂《にお》いがする。山から土に染みこんだ雪解け水が豊富な金沢で生まれ育った数馬には、厳しい試練であった。

「お旗本の出でございましょう」

咎《とが》めるような声音で佐奈が言った。

「祖父の代までだ。吾は生まれも育ちも金沢ぞ」

数馬は言い返した。

佐奈の言葉遣いを数馬は指摘しなかった。瀬能家の女中がこのような口の利き方をしたならば、まちがいなく叱責《しっせき》を浴びせ、場合によっては親元を呼び出し、解雇を命じてもおかしくはない。だが、佐奈は琴の女中であり、瀬能家の家事を引き受けているとはいえ、客身分である。

「お留守居役ともなられれば、長く江戸詰されるだけではなく、代々の定府《じょうふ》となられるのではございませぬか」

「いまだ信じられぬわ。吾がお留守居役など」

箸《はし》を止めて、数馬は嘆息した。

留守居役は、聞き役、あるいはお城付きなどと呼称する藩もあるほど、幕府とのかかわりが深い役目である。

外様大名を敵としてしか見ていない幕府役人とつきあい、いろいろと根回しをしなければならないだけに、世慣れた老練な者が任じられる。藩邸でも、家老職、用人らに続く重職として扱われた。もちろん、留守居役を経て、執政に出世していく者もいるが、その多くは築きあげた幕臣との伝手《つて》、他藩との交際を維持するため、隠居するまで留守居役のままでいる。出世ということだけをみれば、頭打ちといえるのが留守居役であった。

また、留守居役は個人だけでなく、家族ぐるみでのつきあいもした。屋敷に家格が近い、あるいは懇意な者を招いて、宴席を設ける慣習があるからだ。当然、子供たちも顔見知りとなり、父の交流関係を自然と受け継いでいく。留守居役の子供が、親の隠居を受けて後任となることも珍しくはなかった。

「なにかのまちがいであろう。とても吾に務まるとは思えぬ。すぐにお役御免となって、国元へ帰されるであろう」

そう言って数馬は食事を再開した。

「そのようなまね、姫さまがお許しになられませぬ。姫さまが選ばれたお方が、おできにならぬはずなどございませぬ」

「…………」

佐奈の言葉に、数馬は返答しなかった。

「馳走《ちそう》であった」

文句を言いながらも、数馬は飯を三杯喰った。茶碗に残った米まで、白湯でさらうようにして摂《と》り、数馬は食事を終えた。

「お片づけをさせていただきまする」

一礼して佐奈が膳を下げた。

日が落ちれば寝る。さすがに灯油《ともしあぶら》の代金に事欠くほどではないが、とくにしなければならないこともない。

「夜具を」

食事の後かたづけをすませ、戻ってきた佐奈へ、数馬は命じた。

「もうお休みでございますか」

「することもないゆえな」

不満そうに首をかしげた佐奈へ、数馬が応じた。

「ございましょう」

「なにがあると言うのだ」

数馬は訊いた。

「琴姫さまへお文をお書きになられませぬと」

「……書くことなどないぞ」

佐奈の指摘に、数馬は一瞬の間を空けて、首を左右に振った。

「お留守居役を拝命されたことをお報せになられましたか」

「それは林《はやし》どのがしておられよう」

林彦之進《ひこのしん》は、本多政長の家臣である。今回金沢から江戸へと向かう数馬の手助けにと、岳父《がくふ》の政長が付けてくれた世慣れた家臣であった。

とはいっても、佐奈は事情が違う。林彦之進は、前田家上屋敷ではなく、本多政長の江戸屋敷へ入り、ここにはいなかった。

「はあア」

佐奈が心底あきれたような顔をした。

「殿さまには、おわかりになりませぬか。琴姫さまは、殿の許嫁《いいなずけ》でございまする。林の報告ではなく、直接殿さまより教えていただきたいと思われるはず」

「そういうものか。どちらでも内容は同じであろう」

誰から聞いても結果は同じだろうと、数馬は言った。

「いいえ。違いまする。近くに居《い》るならば、それでもまだよろしゅうございましょう。いつでもお会いでき、言葉をかわせるのですから。しかし、江戸と金沢、百数十里の隔たりがあるのでございまする。会いたくとも会えず、声を聞きたくとも聞けず。せめて、お筆だけでも拝見したいと考えて当然でございまする。とくに男のかたは移り気なもの。見目麗《みめうるわ》しい女《おなご》がいれば、すぐに目移りをされまする。待つ身の女は千々に乱れた心を抑えるだけ。そのいらだちをおさめてくださるのは、いとおしい殿方からいただく文だけなのでございまする」

懇々《こんこん》と佐奈が説教をした。

「そういうものか。日々に忙殺されているゆえ、思いもつかなんだ」

数馬は腕を組んだ。

急激な環境の変化に、数馬は追いつくだけで精一杯であった。琴姫のことを忘れているわけではないが、思いをはせるだけの間もないのだ。

「男のかたと女では、立場も違いまする」

きっぱりと佐奈が断じた。

「女は自在に出歩けませぬ」

「たしかにの」

数馬は納得した。武家だけでなく、あるていどの家の女は家から出ないのが慣習であった。買いものでも、食材など普段《ふだん》使うものは女中がおこない、着物など本人の好みがかかわるものは、呉服屋や小間物屋を呼んで、屋敷まで商品を持ってこさせる。さらに琴は五万石の姫なのだ。少し出歩くだけで、駕籠《かご》の用意に、警固の侍、おつきの女中ら供する者の準備も要った。

「文か。得意ではないのだが」

女との手紙の遣り取りなど、したことがない数馬である。気恥ずかしいうえ、なにを書いていいかさえ、わからなかった。

「なんでもよろしゅうございまする。ただ変わりないとの一言でも、女は安心いたしますれば」

佐奈が後押しをした。

「わかった。少し考えてみよう」

数馬は寝るのを止め、文机《ふづくえ》へと向かった。

「ただいま、明かりと墨《すみ》を」

いそいそと佐奈が動いた。

手紙というのは、いざ書こうとすると筆が止まる。

まず何を書くのか、なにを伝えなければならないのかを整理しなければならない。

武家の手紙には形式があり、何枚もの紙を使わず、一枚ですます慣例であった。

「用件は江戸へ着いたこと、長屋をもらったこと、留守居役を命じられたこと……ああ、佐奈が来ていたこともあるな」

文机の前で数馬は悩んでいた。

「箇条書きでは、許してくれぬだろうな」

用件だけですむなら、五行も要《い》らない。だが、婚姻《こんいん》を約した男女のものとして、それではあまりに味気がなかった。

「時候の挨拶《あいさつ》は要らぬだろうが、江戸の話は少しくらい書かねばなるまいな」

書き始めの一言で数馬は動けなくなっていた。

手紙を書いたことが数馬にはなかった。書く相手がいなかった。なにせ、父も母も妹も一緒に住んでいるのだ、手紙より話すほうが早い。

また、特殊な経歴をたどり、徳川の旗本から加賀前田家へ移籍した瀬能家には、親戚づきあいする家が極端に少なかった。旗本だったころの一族たちとは、ほぼ絶縁状態であるし、かろうじて本家とのつきあいはあるが、それも先祖の法事などがあるときに報せがあるていどで、遣り取りはほとんどない。母須磨《すま》の実家とは、節季ごとに挨拶を交わしているが、これも母に任せきりで、数馬はかかわっていなかった。

「考えていても意味はない」

数馬は思いきって紙に筆を置いた。

「白山《はくさん》の雪も消えたでしょうや。琴どのには……」

挨拶をあっさりと終わらせた数馬は、報すべき用件を淡々と書き連ねていった。

「……これでよし」

満足だ、と数馬が筆を置いた。

「殿さま」

数馬の背中に佐奈が呼びかけた。

「……いつ入ってきた」

いつの間にか控えていた佐奈に数馬は気づかなかった。

「熱心にお認《したた》めておられましたので、遠慮しておりました」

佐奈がじっと見ていたと告げた。

「声をかけよ」

数馬が佐奈を叱った。

「気をつけまする」

佐奈が一礼した。

「琴姫さまへのお手紙は完成されましたので」

「そうだ。書きあげて墨が乾くのを待っているところだ」

問われて数馬は答えた。

「琴姫さまだけへのお言葉をお書きくださいましたでしょうや」

佐奈が訊いた。

「琴どのだけ……」

わからないと数馬が首をかしげた。

「女《おなご》へのお手紙でございまする。しかも殿さまと琴姫さまはいずれ夫婦《めおと》となられる仲。当然、なにかしらの情愛がそこには要りましょう」

「情愛など、手紙に書けるか」

数馬は首を左右に振った。

「簡単でございまする。ただ愛おしいとか、恋しいとか、毎日想っているとか」

「そのような文字を武士に書けというか」

佐奈の羅列した言葉に、数馬は真っ赤になった。

「顔を見ておられるならばよろしゅうございまする。声に出さずとも、態度で伝わるという思いもございまする。しかし、殿さまと琴姫さまは遠く離れておられ、手紙でしかお互いの気持ちを表せぬのでございまする」

「互いの気持ち……」

数馬は考えこんだ。琴姫のことを己《おのれ》はどう思っているのか。あえて考えないようにしていた問題を、数馬は佐奈に指摘された。

「女は殿方の一言を心待ちにしておるものでございまする」

「琴どのもか」

「はい。いえ、より一層《いっそう》でございましょう。姫さまはお立場ゆえ、なににおいてもご辛抱なさらねばなりませぬゆえ」

五万石の姫ともなれば、うかつな一言の影響は大きい。佐奈が琴姫の我慢を告げた。

「…………」

もう一度、数馬は筆を手にした。

「すまぬが、外してくれ」

初めて女へ恋文を出す気分になった数馬は、一人きりにしてくれと頼んだ。

「はい」

静かに佐奈が出ていった。

「……愛おしい……か。偽《いつわ》りではないが、真実そうなのだろうか」

筆を持ったままで、数馬は固まった。

四

堀田家の留守居役となった小沢兵衛のもとへ、深夜一人の武家が訪れた。

「これはご家老さま。わざわざのお出でございますな」

「夜分にすまぬ」

他人目《ひとめ》をはばかるように、かぶっていた笠を外したのは加賀藩江戸家老だった坂田《さかた》であった。

「いや、もと江戸家老のとお呼びすべきでございましたな」

小沢が下卑《げび》た笑いを浮かべた。

「…………」

言われた坂田が鼻白んだ。

加賀藩主綱紀を将軍とすべきかどうかで藩論が二分したとき、坂田はこれを阻止すべく、推進派を装っていた前田直作の敵となった。そして、幕府の指図を国元に伝えるために出された使いを阻害し、前田直作の江戸入りを邪魔しようとした坂田は、綱紀の怒りを買い、家老の職を解かれていた。

「今夜はどういったご用件でござろうかな。他人目を避けたいとのお申し出ゆえ、こちらでお話を聞かせていただくことにいたしましたが」

小沢が用件を促《うなが》した。

「ずいぶんと贅沢《ぜいたく》な造作よな」

通された部屋のなかを見回して坂田が言った。小沢が坂田を招いたのは、かつて前田藩の留守居役をしていたとき、妾《めかけ》を住まわせていた町屋であった。

「さほどのものではございませぬよ。十分な金を遣わせていただいていたわけでもございませぬ」

前田藩の金を横領しての贅沢を皮肉った坂田を、小沢があっさりといなした。

「……………」

坂田が頰をゆがめた。

「御用がなければ、お帰り願いたいのでございますがな。無駄話をする暇はありませぬ」

黙った坂田へ、小沢が冷たく言った。

かつての上司ではあるが、今では老中の家臣となった小沢のほうが上席であった。

「……申しわけない」

坂田が詫びた。

「頼みたいことがござる」

「なんでござろう」

「猪野兵庫《いのひょうご》たちを預かっていただけまいか」

「……猪野兵庫」

誰だと小沢が首をかしげた。

「国元から江戸へ前田直作を追って来た御為派《おためは》の平士でござる」

御為派とは、前田綱紀の五代将軍就任を阻止しようとした加賀藩士たちのことだ。もっとも、自称であり、そのじつは前田孝貞《たかさだ》という藩主一門による権力の掌握《しょうあく》に与《くみ》することで、己《おのれ》の出世をもくろんだ者たちであった。

「御為派……ああ、負け組でござるな」

「くっ」

負け組と言われて、坂田が苦い顔をした。

幕府の干渉を嫌った綱紀は、五代将軍就任を辞した。が、これは御為派の勝利ではなかった。綱紀は、前田直作の命を狙い、藩を二つに割った御為派を叱った。とはいえ、幕府によって引き起こされた騒動である。あまり大きな波風を立てると幕府につけこまれかねない。だけに、大きく咎め立てるわけにはいかず、御為派の首領前田孝貞にはなんの罰も与えられていない。だが、直接前田直作に刃《やいば》を向けた猪野兵庫たちは見逃されず、無断出国の廉《かど》で藩から放逐されていた。

「藩のため、前田家のために粉骨砕身した忠勇の者たちが、君側《くんそく》の奸《かん》のために追放になった。これはあまりの仕打ちでござる。かと申して、拙者が手助けをするわけにも参らず……」

「へんに庇《かば》って、火の粉が降りかかっては困りまするか」

「……………」

嘲笑を浮かべた小沢に、坂田が目を泳がせた。

「どのように使わせていただいてもよろしいな」

小沢が表情を変えた。

「ご庇護《ひご》いただけるなら……もちろんでござる。あの者たちが帰藩できるよう、拙者も力を尽くしますが、それまでの間は、家来同様にお使いくだされ」

坂田が首肯した。

「では、お預かりいたしまするが、なにも保証はいたしませぬ」

「けっこうでござる。猪野たちにも覚悟はさせておきまする」

使い捨てにするかも知れないという小沢の言葉を、坂田が認めた。

「では、お帰りをいただこう」

用がすんだなら、さっさと帰れと小沢が言った。

「いつ……」

猪野たちを連れてくる日時を坂田が問うた。

「さよう。いつでもよろしかろう。命じておきますゆえ、この屋《おく》へ来て下されば。おい」

小沢が手を叩いた。

「失礼いたしまする」

返答とともに襖が開き、若く美しい女が顔を出した。

「儂《わし》を訪ねてくる武家が在《あ》れば、五両ほどの金をくれてやり、滞在先を聞いておけ」

「はい」

指示された若い女が手を突いた。

「武士の応対を、妾《めかけ》にさせる気か」

坂田が憤《いきどお》った。

「あいにく、わたくしは主君備中守の留守居役として多忙を極めておりますゆえ、お相手する暇《いとま》がとれませぬ。ご不満ならば、別段わたくしにお声をおかけくださらなくとも結構。こちらからお願いした話ではございませぬ」

感情を消した声で小沢が告げた。

「……うっ」

坂田が絶句した。

「それとも、加賀藩にお報せしましょうか。放逐された家中の者が、江戸におりまする と。それどころかもと江戸家老の坂田さまもかかわりがござると」

「それは……」

ぐっと坂田が唇《くちびる》を噛んだ。

「……………」

冷たい目で小沢が坂田を見た。

「……わかった」

坂田が頭《こうべ》を垂れた。

「そうだ」

座敷を出ようとした坂田が、足を止めた。

「なにか」

小沢が問うた。

「貴殿のご妻子のことでござる」

坂田が小沢のほうを見ずに続けた。

「国元へ逼塞《ひっそく》となりましたぞ」

「さようか」

小沢の反応はそれだけであった。

「旦那《だんな》さま」

坂田が帰ったあと、妾が小沢の顔色を窺《うかが》った。

「ふん。なんでもないわ。儂にとって、加賀は敵じゃ。それより酒を用意いたせ」

小沢が妾に手を振った。

「ただいますぐに」

急いで妾が用意のために下がった。

「…………」

一人になった小沢が、瞑目《めいもく》した。

大老酒井雅楽頭忠清と京の朝廷の繫《つな》がりは、継室の兄、左中将《さちゅうじょう》姉小路実道《あねがこうじさねみち》にあった。もっともすでに実道は死去し、跡を息子の公量《きみかず》が継いでいた。代替わりしたとはいえ、酒井と姉小路の関係は続いていた。

「雅楽頭どののお使いか」

八坂《やさか》神社近くの小さな寺の庫裏《くり》を参議《さんぎ》姉小路公量が訪ねた。

「参議さまには、初めて御意を得ます。酒井雅楽頭家留守居役伊藤利太夫《いとうとしだゆう》と申しまする。本日はご足労をいただき、ありがとうございまする。他人目を避けるためとはいえ、お迎えの駕籠も出しませず」

名のりを入れてまず伊藤利太夫が平伏した。

「いや、時期が時期だけに当然である」

姉小路公量がにこやかに受けた。

「いつも雅楽頭どのにはお気遣いをいただいておる」

公家にとって娘や姉妹の嫁ぎ先である大名家からの合力は大きな収入であった。姉小路公量が礼を口にした。

「ここでお話をさせていただくわけにも参りませぬ。どうぞ」

奥へと伊藤が誘《いざな》った。

「まずは、お茶を一服」

茶室へ姉小路公量を案内した伊藤が亭主となって、茶を点《た》てた。

「……お見事なお手前でござった」

一服した姉小路公量が伊藤の手前を褒《ほ》めた。

「畏《おそ》れ入りまする」

深く腰を曲げた伊藤が手を叩《たた》いた。

「わずかばかりではございますが、酒肴《しゅこう》を用意いたしました」

合図に応じて、膳《ぜん》を捧げた酒井家の家臣が入ってきた。

「遠慮なくいただこうか」

もてなしを姉小路公量は受けた。

「我が屋敷の賄《まかな》い方《かた》が調理いたしたものでございまするが」

茶室を借りただけで、寺に酒食の準備まではさせられない。料理や酒は持ちこむのが習慣であった。

「珍しいものであるな。これは鮎《あゆ》だの。軽く干してあぶってある。塩の加減もよい」

茶室に持ちこまれた料理に姉小路公量は舌鼓《したつづみ》を打った。

「南都《なんと》の諸白《もろはく》でございまする」

伊藤が酒器を傾けた。

「よいな。杉の匂いが……」

盃《さかずき》を姉小路公量が干した。

「さて、話をすませよう」

しばらく酒食を堪能した、姉小路公量が姿勢を正した。

「始めさせていただいて、よろしゅうございましょうか」

「うむ」

確認する伊藤に姉小路公量がうなずいた。

「状況はいかがでございましょう」

伊藤が問うた。

「鷹司《たかつかさ》卿《きよう》、一条《いちじよう》卿、九条《くじよう》卿はご同意下さっている」

「ありがたいお話でございまする。近衛《このえ》卿には」

「いっさい報せておらぬ。近衛卿は、館林公の岳父《がくふ》じゃでな」

姉小路公量が首を左右に振った。

徳川将軍家と朝廷には、密約があった。将軍ならびにその一族の正室は、宮家あるいは摂関家の出に限るというものだ。

徳川幕府が成立する前に、妻帯していた秀忠を例外として、三代将軍家光は鷹司家、四代将軍家綱は、伏見宮家《ふしみのみやけ》、家綱の弟綱重は二条家、そして綱吉は近衛家から正室を迎えていた。

「お心遣いありがたく存じまする。もし、近衛さまがお知りになられまするど、なにかと……」

伊藤利太夫が喜んだ。

「ご存じだろうよ」

あっさりと姉小路公量が告げた。

「麿《まろ》が動いているのだ。気づかぬわけはない。いや、我らに同心している者のなかには、近衛卿のもとへ足繁《あししげ》く通っている者もおる。まあ、代を重ねてきた歴史は、武家より我ら公卿《くぎよう》のほうが長い。血筋をたどれば、どこかで同根につながるのが、公家というものだからな」

姉小路公量が口の端をゆがめた。

「やむを得ませぬ。噂は防げませぬ。あからさまに証《あかし》を摑《つか》まれてさえなければ、いくらでもごまかしようはございまする」

仕方ないと伊藤が首を左右に振った。

「朝議といえども、数が多いほうに傾く。有象無象も数のうちだからの。まあ、かえって黄白《こうはく》の輝きで傾きを変える輩《やから》のほうが扱いやすい」

嘲笑を姉小路公量が浮かべた。

「仰せの通りで」

伊藤も表情をゆがめた。

朝廷のある京に屋敷を持つ大名は多い。大名と天皇との接近を嫌う幕府の意図がわかっていながら、置かれた京屋敷の役目は少ない。いや、一つしかないといってもい。


京屋敷の役割は、公家との交流であった。

大名には格と名誉が必須であった。譜代、外様という大きな区別、国持ち、城持ちといったもの、石高の多寡、領地の場所などで格は決まる。

そして名誉とは、官位であった。

大名には、先祖代々から受領している官位を持つ家もある。もちろん、新たに任じられる官位も少なくはない。

そして官位ほどはっきりとした位置づけのできるものはなかった。

なにせ、朝廷から下される官位には何位という順番がついているのだ。

官位一つで、殿中での座が変わる。将軍の前では、家臣でしかない大名にとって、同列の他家との差は、大きな誇りとなる。

そこで、少しでも高い官位、ちょっとでも格上の官名を拝領できるよう、京屋敷を造り、運動させるのだ。

力を持たず武家に圧力をかけられながらも、数百年にわたって生き延びてきたしたたかな公家相手の仕事である。これをこなせるのは、留守居役以外にはいなかった。

当然、京屋敷に配される留守居役は、藩でも選《え》りすぐりの家臣である。

「金ならば、いくらでもとは申しませぬが、まだまだご用意できまする」

「それはありがたいが……」

姉小路公量が難しい顔をした。

「そろそろ黄白の段階を過ぎたような気がする」

「金が効きませぬか」

伊藤が目を剝《む》いた。

公家の禄は少ない。五摂家《ごせっけ》最大の禄を誇る九条でようやく三千石、鷹司で千五百石と名門旗本ていどでしかない。姉小路にいたっては、伊藤よりも少ない二百石でしかなかった。

「反対する者は、どうしてもな、宮家を武家に預ける形になるのが嫌いなのだ」

「……なるほど。有栖川宮《ありすがわのみや》さまを五代将軍として江戸へお迎えすること自体がお気に召さぬと」

姉小路公量の言葉を伊藤が繰り返した。

前田綱紀の拒否の後、酒井雅楽頭は四代将軍家綱の意思を受けて、有栖川宮幸仁《ゆきひと》親王を五代将軍として江戸へ迎えようとしていた。いや、正確には、綱紀の将軍推戴《すいたい》の話は、宮将軍を実現させるための布石でしかなかった。酒井雅楽頭は、前田綱紀に話をするかなり前から、朝廷での工作を伊藤にさせていた。

「鎌倉《かまくら》の故事もある」

小さく首を左右に振りながら、姉小路公量が嘆息した。

かつて源頼朝《みなもとのよりとも》が開いた鎌倉幕府は、その直系が絶えたところで、京から宮家を招いて将軍とした。

といったところで、実権は執権である北条《ほうじょう》に握られ、宮将軍は単なる飾りでしかなかった。

「関東の出自《しゅつじ》さえ定かでない武家ふぜいが、宮さまを押さえつけるなど」

当時でさえ、憤懣《ふんまん》を漏《も》らす公家が多かったことからも、宮将軍への反発が強いのは、伊藤も理解していた。

「金で動かせぬとなりますれば……」

「摂関家から説得していただくか……」

訊いた伊藤へ答えた姉小路公量が、一度間を空けた。

「……勅許《ちょっきょ》をお出し願うか」

「勅許」

伊藤が息を呑《の》んだ。

勅許とは天皇の許可のことだ。いかに公家たちが異論を出していても、勅許が下りればそれまでであった。公家は天皇の臣である。臣が主君の意思を枉《ま》げることは許されない。なにより、天皇は朝廷の権すべてのもとなのだ。勅許に反対する。それは、公家が己の寄《よ》る辺《べ》を自ら捨てさるも同然であった。

「できましょうや」

あまりの大事に、伊藤が震えた。

「努力はいたしておくべきだろう。もちろん、ご叡慮《えいりょ》をいただかずともすむようにいたすつもりではあるが……近衛卿が静かなのが不安での」

姉小路公量が危惧《きぐ》を表した。

「少し探りを入れてみまする。近衛さまに近いお方とも、おつきあいはございますれば」

伊藤が述べた。

「それだけの余裕はあるのか」

「……正直なところ、なかなか厳しいと」

家綱の余命を問うた姉小路公量へ、伊藤が表情を曇らせた。

「ならば、同時に勅許をいただけるように動かれい」

「いかがいたせばよろしゅうございましょう」

いかに世慣れた京屋敷の留守居役とはいえ、天皇の相手をした経験などなかった。

「松木《まつき》どのを訪ねなされるがよい」

姉小路公量が助言した。

「松木どのと仰せられますると……宗子《むねこ》典侍《ないしのすけ》さまのご実家でございまするや」

伊藤が確認した。

霊元《れいげん》天皇の典侍で、七人の子を産むほど寵愛《ちょうあい》深い宗子は、元権大納言《ごんだいなごん》松木宗条《むねなが》の娘であった。

「松木から宗子典侍をつうじ、帝《みかど》にお話を届ければ……」

「武家嫌いの帝さまが、お聞き入れくださいましょうか」

荒々しいといって武家を毛嫌いしていることで有名な霊元天皇である。伊藤が懸念を表した。

「そこは話のもっていきようだろう」

「もっていきようでございまするか」

姉小路公量の言葉に、伊藤が首をかしげた。

「逆の言いかたをするのだ。宮将軍とは、有栖川宮を武家の人質として差し出すのではなく、宮家が武家を統率するのだとな」

「……おおう」

伊藤が感嘆の声をあげた。

「幕府を思いどおりにできるとなれば、帝もお考えになられよう。それこそ、禁中並《ならびに》公家諸法度《しょはっと》などを廃することもできる。朝廷御領を百万石にでも増やせる。そうお誘いすれば……」

「さすがに、ありえませぬ」

将軍が代わったくらいで、幕府の方針に変化はでない。伊藤は幕政を預かる主君酒井雅楽頭がそれほど甘くないことを知っていた。

「わかっておるわ。雅楽頭どのが、認めまい。そして雅楽頭どのが許されぬかぎり、将軍の命《めい》は意味をなさぬ」

姉小路公量も首肯した。

「方便じゃ。もちろん、宮将軍を推進した我らが、帝のお怒りを買うゆえ、多少は譲ってもらうがの」

「御領の増加は、主《あるじ》雅楽頭も考えておりまする」

伊藤が告げた。

「うむ。それはありがたい。では、うまくな」

満足そうに姉小路公量が帰っていった。

姉小路公量と伊藤の帰邸を見届けた寺の僧侶が、深更《しんこう》の近衛家を訪れた。

「ほう。姉小路公量と酒井雅楽頭家の留守居役が会ったか。いよいよか」

話を聞いた近衛基熙《もとひろ》が難しい顔をした。

「ご苦労であった。次の管長《かんちょう》には、そなたを推してやるゆえな」

「よろしくお願いいたしまする」

喜んで僧侶が帰っていった。

「相手の動きを知ったところで、帝に嫌われている現状では、思うように動けぬ……まあ、寝耳に水とならなんだだけましとするしかないか」

近衛基熙が独りごちた。

第二章　慣例の棘《とげ》

一

四代将軍家綱《いえつな》の体調は悪化の一途を辿《たど》っていた。

「上様のご様子はいかがでござろうか」

「なにか仰《おお》せではございませんでしょうや」

家綱の寝ている江戸城本丸御座の間付近に出入りできる小姓組士《こしょうぐみし》、小納戸《こなんど》らは、連日問い合わせを受けていた。

幕臣はもちろん、大名たちも次の将軍が誰になるのか、それを少しでも早く知りたいのだ。

次の将軍、そう新たな権力者に他人より早くすり寄り、いい目を見たい。いやなにより、まちがった相手に近づいたことで、次の将軍家ににらまれるのだけは避けたい。

泰平の世での生き残りに、誰もが必死であった。

「あいにく」

「わかりかねまする」

小姓も小納戸も、どれほど求められても答えなかった。

将軍の側《そば》近くに仕える者たちには、御座の間で見聞きしたことを厳秘する義務が課せられていた。将軍の日常だけでなく、政《まつりごと》にかかわる事象まで小姓たちは触れる。それが外に漏《も》れれば、幕府を揺るがす大事ともなりかねないのだ。当然、罪は重い。本人の切腹はもちろん、親兄弟まで咎《とが》めは及ぶ。

「儂《わし》は、そなたの叔父《おじ》ぞ。一門ではないか」

情実で迫る者もいた。

「誰にも漏らしませぬ。金打《きんちょう》いたしてもよい」

武士が命がけで誓うときにする、刀を少し抜いて戻す金打をしてみせる者もいた。

「二百両ございまする」

小判を積んだ商人もいた。

しかし、小姓たちは首を左右に振った。秘事を聞き出そうとする輩《やから》の金打など信用できず、どれほど金を積まれても家と命には替えられない。

「ご大老さまより、決して話してはならぬ、もし、それでも問う者があれば、その者の名前を届け出るようにと命じられておりまする。いかが」

「お断りいたす」

これ以上しつこくすると酒井雅楽頭《うたのかみ》へ訴えると脅《おど》されては、しかたがなかった。

将軍家綱には、弟が二人いる。甲府宰相綱重《こうふさいしょうつなしげ》、館林宰相綱吉《たてばやしつなよし》である。しかし、甲府宰相綱重は、家綱よりも先に死去した。ただ、男子を残した。それが今の甲府宰相綱《つな》豊《とよ》、家綱の甥《おい》である。

常識で考えれば、家綱の跡を襲うのは、弟綱吉、甥綱豊、この二人であった。それを酒井雅楽頭が崩した。

大老として病弱な家綱から全権を預けられていた酒井雅楽頭は、なんと外様最大の加賀藩《かがはん》前田家の当主綱紀《つなのり》に、将軍就任の意思を問うたのだ。

たしかに綱紀は、二代将軍秀忠の曾孫《そうそん》にあたる。秀忠の娘珠姫《たまひめ》が、前田家三代利常に嫁いで産んだ光高の長男が綱紀である。徳川一門と言えなくはなかった。

もっとも、この案は綱紀の固辞で潰《つい》えた。が、大きな波紋を生み出した。

五代将軍となれる者の範囲をとてつもなく拡げた。綱吉、綱豊だけだったのが、御三家はもとより、越前《えちぜん》松平家、加賀前田家、岡山池田家を始めとする徳川の血を引く当主たちまでもが候補者となった。

当事者はもとより、その他の役人、大名たちが右往左往し、天下は騒然となった。

五代将軍が誰になるかというのは、江戸城にいるすべての者の問題であった。

文を出すのは、かなり面倒であった。家臣の多い高禄の士ともなれば、家中の小者などに託せばすむが、人手の足りない瀬能家ではその手は使えなかった。

「どなたか国元へお帰りになられる御仁《ごじん》はおられませぬか」

なんとか書きあげた文を手に、数馬は藩邸の用人を訪ねた。

「国元か……」

用人が、側《そば》に控えている配下の顔を見た。

「明後日、平士並《なみ》の斉藤一学《さいとういちがく》が、国元へ戻るはずでございまする」

すばやく配下が告げた。

「斉藤一学といえば、儒学修業のため、江戸へ出てきていたのであったな。修業を終えたか」

用人が言った。

「はい。先日林法印《はやしほういん》さまより、お墨付きをいただいたよし」

配下が答えた。

「それは重畳《ちょうじょう》であった。法印さまのご体調がお悪いと聞いていたゆえ、修業半ばで退かさねばならぬかなと考えていたのだが」

満足そうに用人がうなずいた。

林法印とは、幕府の儒官林鵞《が》峰《ほう》のことである。徳川家康の知恵袋といわれた林羅《ら》山《ざん》の息子で、上野《うえの》忍《しのぶが》岡《おか》に私塾を開き、幕臣や藩士たちに儒学を説いている。ここ数年、体調を崩し、講義の回数も減っていた。

「あの者ならば問題あるまい。斉藤の長屋は裏門の東である」

斉藤の人柄を保証した用人が、その居場所も教えた。

「お手数でござった」

数馬は、用人の前を辞し、そのまま斉藤一学の長屋へと足を向けた。

斉藤一学の長屋は、数馬に与えられているものより、かなり狭い。

「御免《ごめん》。斉藤どのはご在宅か」

とはいえ、士分である。一応の門構えはあった。その門のところから、数馬は声をかけた。

「どなたでございましょう」

応対したのは老爺《ろうや》であった。

「瀬能数馬と申す。斉藤一学どのが帰国されると伺《うかが》い、失礼ながらお願いをいたしたく参上つかまつった」

数馬は名乗り、用件を口にした。

「しばしお待ちを」

老爺が一度引っこんだ。

「どうぞ、主《あるじ》がお目にかかりまする」

待つほどもなく、とおされた。

「斉藤一学でござる。引っ越しの用意があるゆえ、奥へお入りいただくわけには参らず、ご無礼をいたす」

長屋の入り口で斉藤一学が立っていた。

儒学者というのは、さほど身分も高くなく、禄高も少ない。長屋も小さく、荷造りなどを始めれば、客をもてなすだけの場所もなくなる。

「いや、お気遣《きづか》いあるな。不意に参上した拙者《せっしゃ》こそ申しわけない」

数馬は詫《わ》びた。

「お独り身でござるのか」

「いえ、修業のため出府《しゅっぷ》させていただきましたが、国元に妻と子がおりまする」

問うた数馬に、斉藤一学が答えた。

「それはお懐かしゅうござろうな」

「はい」

斉藤一学がほほえんだ。

「初見の御仁にお願いするは気兼ねなれど、この文を国元の本多屋敷までお届け願えまいか」

長居をしては旅の準備の邪魔になる。数馬は懐《ふところ》から文を出した。

「本多さまとは、藩老の」

斉藤一学が確認した。

「さよう。頼みまする」

もう一度数馬は頭を下げた。

「お文くらいならば。門番に渡すだけでよろしゅうございますな」

「助かりまする」

言いながら、数馬は懐から紙入れを出し、手早く小粒金を三つ懐紙に包んだ。

「これはご無礼なれど」

「……いただくわけには……」

差し出された紙包みを斉藤一学が断った。

「貴殿をお遣いだてするためのものではございませぬ。国元でお待ちのご家族へ、江戸の土産を差しあげていただきたい」

数馬は理由をつけた。

「江戸土産……」

遊学とは、江戸での滞在費用がかさむ。本禄以外に藩から手当が出るとはいえ、余裕などあるはずもない。斉藤一学がなんともいえない顔をした。

「国元に誇るは貴殿の学。ご家族に見せるは江戸の繁華。お気兼ねなく。貴殿が今まで国元のご家族に寂しい思いをさせたとお考えならば受け取ってくだされよ。今度は吾《われ》が同じ思いを文の相手にさせるのでござれば」

相身《あいみ》互《たが》いだと数馬は述べた。

「……遠慮なく」

ようやく斉藤一学が受け取った。

「たしかにお預かりいたした。きっとお届けいたそう」

斉藤一学がうなずいた。

「かたじけなし」

数馬は礼を述べて、斉藤一学の長屋を辞した。


「加賀どのよ」

式日登城のため、控えの場である大廊下に入った前田綱紀へ、尾張《おわり》徳川家当主光友《みつとも》が声をかけた。

「おはようございまする」

一礼して、綱紀は徳川光友のもとへ伺候《しこう》した。

江戸城大廊下は、殿中の席次としては最高位に当たる。徳川御三家の他に、越前松平家と加賀前田家の五家だけしか入れない。その大廊下にも格があり、御三家が上、越前松平家と加賀前田家は下と分けられていた。

「御前ご無礼をつかまつりまする」

水戸徳川綱條《つなえだ》、紀州《きしゅう》徳川光貞《みつさだ》を過ぎて、綱紀は大廊下最上席である尾張徳川光友の前へ膝《ひざ》を突いた。

「先日はありがとうございました」

まず綱紀は礼を述べた。過日、綱紀が五代将軍になる誤解させようとした酒井雅楽頭の策で、孤立しかけた綱紀に光友が手をさしのべてくれたのだ。

「いや、若い者の面倒を見るのは年寄りの仕事だ」

たいしたことではないと、光友が笑った。

「さて、お呼び立てしたのはな、お話を少し聞かせてもらいたいのだ」

「話でございまするか」

綱紀が首をかしげた。

「そうだ。酒井雅楽頭が打った手についてな」

光友が、隣に座る紀州徳川光貞の顔を見た。

「うむ。他人事《ひとごと》ではないのでな」

光貞が、水戸徳川綱條へ目を移した。

「さよう。加賀どのの次は、我ら御三家であろう」

綱條が首肯《しゆこう》した。

「やはり酒井雅楽頭さまの狙いは……」

綱紀は言葉を最後まで発しなかった。

「将軍を出せる一門の排除だろうな」

光友が苦い顔をした。

「どういうことでございましょう」

話を理解できず、一人取り残された越前松平綱昌《つなまさ》が、うろたえた。

「こちらに来られよ」

松平綱昌を光友が招いた。

「御免」

あわてて松平綱昌が近づいてきた。

「さて越前どのよ、まず聞かせてもらおうか。幕府とはなんだ」

光友が訊いた。

「幕府でございますか……天下の政をおこなうところでございましょう」

無難な答えを松平綱昌が返した。

「そうだ。では、その幕府を動かしているのは誰だ」

ふたたび光友が問うた。

「将軍家……」

「己《おのれ》でも信じていないことを口にするな」

短気な紀州徳川光貞が、松平綱昌を叱《しか》った。

「そうきつく言うてやるな、中納言《ちゅうなごん》どのよ」

光友が宥《なだ》めた。

「しかし、若いころから阿諛追従《あゆついしょう》を覚えるようでは、ものの役になど立たぬぞ」

反論しながら、紀州徳川光貞が柔らかい口調になった。

「ゆっくり、ゆっくり諭《さと》してやればよいだろう。我らと違い、越前どのや加賀どののように若い者には、ときがある」

「我らに余裕はないのだぞ」

光友の言いように、紀州徳川光貞が少しだけ表情をゆがませた。

「たしかにの」

ほんのわずかながら、光友も眉《まゆ》をひそめた。

「お二方」

これでは話が進まないと判断した綱紀が、声を出した。

「おお。すまなかった」

「ふん」

光友が詫び、紀州徳川光貞が鼻を鳴らした。

「越前どのよ、答えをもう一度願おう。幕府を動かしているのは誰じゃ」

「……執政衆でございまする」

松平綱昌がなんともいえない顔で告げた。

「まさに」

正解だと光友が首肯した。

「では、幕府は誰のものだ」

「徳川家のものでございましょう」

「もう一つ、幕府を立てたのはどなたじゃな」

「神君家康公でございまする」

光友の質問に松平綱昌が応じた。

「幕府の主《あるじ》は将軍である。なれど実質動かしているのは執政たち。どうしてこうなったと思われるか、加賀どのよ」

松平綱昌から光友の矛先《ほこさき》が綱紀に変わった。

「神君家康公の深慮遠謀でございましょう」

「ふふふ」

満足そうに光友が笑った。

「ほう」

「これはさすがに」

紀州徳川光貞と水戸徳川綱條も感心の声をあげた。

「な、なんのことで」

意味のわからない松平綱昌だけが戸惑った。

「いつ気づかれた」

松平綱昌を無視して光友が尋《たず》ねた。

「誇れることではございませぬ。気づいたのは、先日酒井雅楽頭さまにお断りを申しあげたときでございましたから」

つい先日だと綱紀は苦笑した。

「いや、いや、ご謙遜《けんそん》あるな。お気づきになられただけでもなかなかでござるよ」

光友が褒《ほ》めた。

「ご長老方、ご説明を……」

放置された松平綱昌が不満を口にした。

「おう。すまぬ、すまぬ。では加賀どの、ご説明を願ってよいかの」

光友が綱紀に投げた。

「まちがっておりましたならば、ご訂正をくださいますように」

断りを入れて、綱紀が背筋を伸ばした。

「家康公は、徳川の家を末代までお続けになられたかったのでございまする」

「当然のことではございませぬか」

松平綱昌が、口を挟んだ。

「親が築きあげたものを子に譲る。こうやって人は世を継いできた」

「越前どのの言われるとおりでござるが、なにもせずに叶《かな》いまするか」

「えっ」

綱紀の反論に、松平綱昌が目を剝《む》いた。

「もし、そのまま代が続くならば、いまだ天下は天皇家のもとになければなりますまい。少し譲っても鎌倉の源氏が幕府を続けていなければなりますまい。いや、豊臣家は滅ばず、大坂に在《あ》り続けていなければなりませぬ」

「…………」

松平綱昌が沈黙した。

「天下というのは、主を変えるものでござる」

「な、なにを」

徳川の天下が続かないと言うに等しい言葉を出した綱紀に、松平綱昌が絶句した。

「天下という権は、それだけ魅力をもって野望を招く。武人ならば誰もが夢見る天下統一。そうでござろう」

「……それは」

松平綱昌が御三家の主たちの顔を見た。

「だの」

「余は欲しいぞ。天下が」

「わたくしは求めはしませぬが、いただけるならば断りませぬよ」

光友、紀州徳川光貞、水戸徳川綱條が口々に言った。

「おぬしもであろう」

紀州徳川光貞が、綱紀へ同意を求めた。

「要《い》りませぬよ。天下のように重いものなど。わたくしには百万石でもすぎておりまする」

綱紀が苦笑した。

「若いくせに覇気のない」

おもしろくなさそうに紀州徳川光貞が嘆息した。

「わたくしは外様、譜代の家臣から軽んじられましょう。そのうえ、命を狙われ続ける毎日はさすがに遠慮いたしたく」

「……たしかにの」

光友が認めた。

「徳川の直系以外は、執政衆にとってただの飾りだからな。つごうが悪くなれば、いつでも換えられる」

紀州徳川光貞が、嫌な表情を浮かべた。

「……あの」

また一人取り残された松平綱昌が声を出した。

「わからぬのか」

厳しい目で紀州徳川光貞がにらんだ。

「叱《しか》ってやるな。これからは、越前どののようなお方が無事に生きていかれる時代なのだ。儂《わし》やおぬし、水戸どの、そして加賀どのなどは、生きづらくなるだけよ」

光友が紀州徳川光貞を抑えた。

「情けない世じゃな」

紀州徳川光貞が息を吐《つ》いた。

「それが泰平というものでござるよ」

水戸徳川綱條が寂しそうに笑った。

「加賀どの、続きをな」

それかけた話を光友が戻した。

「はい」

促されて、綱紀は松平綱昌へ向き直った。

「起こりは豊臣家を滅ぼしたところでございましょう」

「元和《げんな》まで遡《さかのぼ》りまするか」

古すぎる話に松平綱昌が驚いた。

「おそらく。天下を取った豊臣家は、わずか二代で滅びました。なぜだと思われまするか」

「神君家康公が天下を取られるに、邪魔だったからでは」

訊かれた松平綱昌が述べた。

「たしかに、それは大きいと思いまする。しかし、わたくしは、その裏にもっと大きな要因があると考えまする」

「もっと大きな要因……」

「さよう。豊臣の天下が続かなかったのは、諸大名に愛想を尽かされたからでござる。でなければ、いかに神君といえども、天下の覇者となった豊臣を滅ぼすことはできませぬ」

「な、なにを……」

徳川家にとって神である家康の能力を否定する言葉を吐いた綱紀に、松平綱昌が顔色をなくした。

「御三家の皆様……」

同調を求めるかのように、三人の顔を窺《うかが》った松平綱昌が絶句した。三人の顔にはなんの色も浮かんでいなかった。

「お考えなされよ。豊臣恩顧《おんこ》の大名が一枚岩であれば、いかに徳川の力が大きくとも戦いになりますまい」

「ですが、関ヶ原では、黒田、福島始め多くの豊臣恩顧の大名たちが神君の側につきましたぞ」

「なぜ、豊臣恩顧の大名たちが家康さまについたかおわかりか」

「家康さまのお力に感じ入ったからでござろう」

問われた松平綱昌が答えた。

「たしかにそれもござるが、一つまちがえば豊臣に敵視されて滅びる寝返りでござる。事実、関ヶ原では小早川《こばやかわ》が動くまでは、豊臣側が優勢だったといいまする。乱世を生き抜いてきたしたたかな連中が、一人の裏切りに期待して存亡をかけましょうや」

綱紀は続けた。

「人の心など、簡単に翻《ひるがえ》りまする。なにせ、小早川は豊臣の一族。もし、寝返らなかったら、いや、豊臣として参戦してくれれば、東軍に勝ち目はなかったでございましょう。そして、東軍に寝返った豊臣恩顧の大名の多くは、大坂以西に領地をもっている。もし、関ヶ原で負ければ、領地に帰ることさえかなわず、亡国の民となるしかなくなる。己一人でなく、何千、何万という家臣の運命もかかっているのでござるぞ。確実な何かがなければ、できますまい」

「それは……」

若い藩主とはいえ、松平綱昌も藩を預かる当主なのだ。しかも、越前松平は二代忠《ただ》直《なお》の失敗で改易の憂《う》き目《め》に遭《あ》っている。松平綱昌は、一度滅びを経験した家の当主なのだ。家を潰す、藩がなくなる、その意味を十分に理解していた。

「そのなにかとは」

松平綱昌が尋ねた。

「豊臣についていては、遠くない日に滅びるという確信」

綱紀が告げた。

「滅びの確信……」

「いかにも。関ヶ原で豊臣から離反した大名たちには、滅びが見えていた。それは、秀吉の血統がないこと。越前どのよ、畏《おそ》れ多いことながら天皇家を含めて、天下は奪った者の血族で継がれていくのが定め。それについてはご理解いただけよう」

「わかっておりまする」

侮《あなど》られたと感じたのか、少しだけ松平綱昌の口調が尖《とが》った。

「初代の血を引いた者に継承の資格がある。ということは、他人に天下を継ぐ資格はない。奪う資格はあっても」

やわらかくほほえみながら綱紀は続けた。

「豊臣秀吉には血筋が一人しかいなかった。豊臣秀頼《ひでより》公だけ。代わりがいない」

「……………」

なにが言いたいのかわからないと松平綱昌が首をかしげた。

「主君が愚かだったとしても、換えがきかないということよ」

横から紀州徳川光貞が口を出した。

「はい。そして秀頼どのは、天下人たる器ではなかった」

紀州徳川光貞へ一礼して綱紀が話を戻した。

「秀頼どのには、天下を安寧《あんねい》に保つ義務がござった。父秀吉公が天下から争いを一掃された。初代が築いた天下を保持し、次代へ安定した状況で継がせるのが、二代目の仕事。それが秀頼どのにはできなかった。周りにいた石田《いしだ》三成《みつなり》や、淀《よど》どのなどの干渉は退け、争いごとを避ける。それを秀頼どのはしなかった。秀頼どのは御輿《みこし》となり、主君たり得なかった。君々《きみきみ》たらざれば、臣々《しんしん》たらず。家臣たちの心が秀頼どのから離れた」

綱紀が一度言葉を切った。

「普通はここでお家騒動になる。愚かな主君に見切りをつけた家臣たちが、その兄弟や叔父甥をまつりあげ、力ずくで当主の座を譲らせる。こうして、始祖の血を続けさせながら、家を守る。豊臣家はそれができなかった。なにせ、豊臣家には秀頼どのしかいなかったからな。取り換えのきかない主君が役に立たないと判断した大名たちが、生き残るためにしたのが……」

「神君家康さまの誘いにのること」

言った松平綱昌へ、綱紀は無言で首肯した。

「暗愚な主君、これは代を重ねていくと、いつか出てきまする。このとき、換えがあるかどうか、それが天下の行方《ゆくえ》に影響する。それを家康さまは目の当たりにされた。そして、暗愚で取り換えのきかない主君は、家ごと滅ぼすということも知られた。ゆえに家康さまは、二代将軍に戦いのうまい息子ではなく、堅実な秀忠《ひでただ》さまを選ばれた」

「………」

「なるほど。それで関ヶ原に遅れるという大失態をおかした秀忠さまが、二代将軍という栄誉を受けられたわけでございましたか。たしかに、我が祖秀康公では、乱世を制することはできても泰平を招くなど無理でございまするな」

松平綱昌が得心した。

越前松平家の祖秀康は、家康の次男であった。長男信康の自刃ののち、家康の息子のなかで長子となっていた。軍才もあり、徳川家の跡取りとしてなんの問題もないと見られていた。他にも関ヶ原で敵将を討ち取るなど、若いながら武将としての片鱗《へんりん》を見せつけた四男忠吉《ただよし》もいた。

だが、家康は関ヶ原の合戦に向かう途中、わずか三千の兵に手こずり、遅参した秀忠を跡継ぎに選んだ。

「乱世を鎮《しず》めたあとに要るのは、泰平を維持するための才。才とはいいながら、そのじつは軍を興そうとさえ思わぬ戦《いくさ》下手さでござる。それを秀忠さまはお持ちであった」

誹謗《ひぼう》に近いとわかっていながら、綱紀は語った。

「そして、秀忠さまには直系の男子が複数おられた。そう、一人駄目《だめ》でも、もう一人出せる」

「…………」

非情な話に松平綱昌が黙った。

「あとは引き取ろう。形だけとはいえ、幕府の在りかたへの文句を口にするのは、外様の加賀どのにはよろしくなかろう」

光友が話を引き継ぐと言った。

「……お願いいたしまする」

ここまで言わしておいて今更《いまさら》、と感じた綱紀だったが、御三家筆頭に恨《うら》みをぶつけるわけにもいかない。あっさりと綱紀は退いた。

「越前どの、おわかりか。神君家康さまは、豊臣の二の舞、子飼いの家臣たちに見限られぬよう、いつでも代わりがいると見せるために、我ら御三家を作った」

「将軍家に人なきとき、人を出せ。これが吾《わ》が父頼宣が、家康さまより命じられた言葉だ」

光友と紀州徳川光貞が告げた。

「いつでもすげ替えられるのが将軍だと……」

唖然《あぜん》とした松平綱昌が、かろうじて発した。

「そうだ。そのために、我ら予備があり、そして執政衆がいる」

強く光友が首肯した。

「……執政衆」

松平綱昌が怪訝《けげん》な顔をした。

「当然であろう。将軍が代わるたびに政が滞《とどこお》っては困ろう。執政衆はそのためにある。過去を見ろ。秀忠さまから家光さまに代が変わっても、大老土井《どい》大炊頭《おおいのかみ》はその座に在り続けた。そして家光さまから家綱さまへ代が移っても、松平伊豆守《いずのかみ》と阿部豊後守《ぶんごのかみ》は老中のままであった」

「あっ」

光友に説明された松平綱昌が声をあげた。

「では、五代さまの御世となっても……」

「酒井雅楽頭はそのまま大老だろうな。ゆえに、加賀どのを担《かつ》ごうとしたともいえる」

うなずきながら光友が嘆息した。

「我ら御三家でなく、なぜ加賀どのだったのか。それはの、我らには家康さまから付けられた老職がいるからだ」

「付け家老でございますな」

綱紀が口に出した。

「そうだ。家康さまは、我らの祖に優秀な家臣を付けた。万一、御三家から当主を出したとき、執政として働けるだけの器量を持つ者を。これも家康さまの遠謀よ。分家から本家に入った。これを我が力と思い、無謀なまねをしそうになったとき、引きとめることこそ、付け家老の役目」

「ようは、我らを殺すための刃《やいば》よ。本家から離れかけた人心を復するために出てきた分家が、馬鹿をしては元も子もないからの。なにより、付け家老が誤解するやも知れぬであろう。己も執政の一人だと思いこみ、政に口出ししだすこともありえる。なにせ、先祖は家康さまの腹心だったのだからな。今の執政たちより、家柄がよい者もいる」

　光友の解釈に、紀州徳川光貞が付け加えた。

「そんな面倒を酒井雅楽頭が許すはずもない。いかに将軍になったところで加賀どのならば、家臣を連れて来ることはない。連れてきたところで、小者。とても執政衆と渡り合うだけの者は無理だからな」

　光友が締めくくった。

「では、加賀どのが将軍就任を断られた次は……池田どのだと」

　松平綱昌が確認した。

　岡山藩主池田綱政《つなまさ》は、秀忠の娘千姫《せんひめ》の孫で、家康の玄孫にあたった。

「いや、もう外様には手出しをすまい。加賀どのの一件でときを喰いすぎた。もう一度同じ過程をこなすだけの余裕はなかろう」

　瞑目《めいもく》した光友が首を左右に振った。藩主を出すとなれば、家中の一致が必須である。なにより酒井雅楽頭は、加賀の前田家にその手続き、家中重臣一同の誓詞《せいし》を出せと要求したのだ。加賀の代わりに備前岡山池田家へ白羽の矢を立てるならば、同じ経緯を取らざるをえない。

「上様が……」

光友の語句に含まれた意味を悟った松平綱昌が息を呑《の》んだ。

「ことは、もう、我らの手の届かぬところにいってしまった。徳川宗家の跡継ぎ問題に、一門がかかわれぬ。これも、政。だというに……義父どのは」

水府《すいふ》どのと呼ばれる老公光圀《みつくに》のことを口にし、水戸徳川綱條が、力無く肩を落とした。

「……水戸どのよ」

光友がいたわるように水戸徳川綱條を見た。

「もうこの話題は止《や》めようぞ。胸が悪くなる」

これ以上は御三家以外の者がいるところではまずいと、紀州徳川光貞が話を終わらせた。

二

留守居役《るすいやく》というのは、自藩のなかだけのものではなかった。その任は、ほとんど藩の外でおこなわなければならないものなのだ。当然、他藩との顔見せが仕事始めになった。

かといって、すべての大名家に挨拶をしにいくわけにもいかなかった。

「ご挨拶の手順だが……」

数馬の指導を任された五木が手順を話した。

「まずは同格の方々へ、ご挨拶をせねばならぬ」

「同格とはなんでございましょう」

数馬が質問した。

「その名のとおりである。加賀前田家と同格の大名方である。基本は、殿中での着座が近いお方を言う」

「殿中での着座となりまするど、殿は大廊下下段でございましょう。他にどなたさまがおられまする」

国元から出たことのない数馬である。殿中の席次といってもなんのことかわからなかった。

「殿中の座とは、大名が登城したときに座る場所であり、それによって家格が決まる。殿のおられる大廊下がもっとも格が高く、溜間《たまりのま》、大広間、帝鑑間《ていかんのま》、雁間《がんのま》、菊間《きくのま》となっていく」

五木が指を折った。

「では、大廊下におられる大名方のお留守居さまでございますな」

「と思うだろうが、大廊下だけでは、数が足らぬ」

五木が否定した。

「なにせ、大廊下には御三家と越前家しかおられぬ。しかも御三家だけは、事情が違う。御三家の留守居は、お城付きとして、殿中に別の控え部屋を与えられている。とはいえ、蘇鉄《そてつ》の間にお出でのことも多いゆえ、ご挨拶を欠かしてはならぬ」

「はい」

必死に数馬は聞いた。

「とはいえ、御三家は別格。同格組などと無礼になる。心しておけよ。さて、同格とは、大廊下の残り一家である越前松平さま、つづいて溜間詰めの酒井さま、井伊さま、会津《あいづ》松平さま、高松松平さま、津山《つやま》松平さまである」

「……会津さま、高松さま、津山さま」

数馬は覚えた。

「その次が近隣組の留守居役どのになる」

「近隣と言いますと、富山、大聖寺《だいしょうじ》でございますか」

ともに前田家の分家であり、藩境を接していた。

「いいや。分家との遣《や》り取《と》りは、留守居役の役目ではない」

五木が首を左右に振った。

「では、どちらでございましょう」

加賀と能登《のと》を領している加賀藩は、飛び地を除けば、他藩と境を接していない。越前の松平家とは、すでに同格の範疇《はんちゅう》でつきあいがあり、隣国の飛騨《ひだ》は天領であった。

「上屋敷近くの大名方よ」

「そちらでございましたか」

数馬は納得した。

大名とまでいかなくとも、庶民でも隣家とのかかわりは重要である。土地の境界を巡って争う、庭木の枝が越境したといって喧嘩《けんか》になるなど、もめ事は簡単に起こる。江戸での紛争は大名にとってまずかった。幕府に難癖《なんくせ》をつけさせる好機となりかねないのだ。

「近隣の方々とは、仲良くしておかねばならぬ」

「はい」

当たり前のことだったが、一応、数馬は反応した。

「さて、本題に戻ろうか。本日は、同格の方々をお呼びしている」

五木が手順を続けた。

「はい」

数馬は首肯した。

二人は品川《しながわ》に来ていた。

新しく留守居役になった者には、しなければならない儀式があった。他藩の留守居役を招き、酒食を出してもてなすのだ。

かといって江戸の市中には、なかなか店もなかった。また、あまり派手に騒いで、目立つわけにもいかない。

吉原という天下の遊郭もあるが、一応、任の延長とされる初顔合わせの場には選ばれない。そこで皆が利用したのが品川の旅籠《はたご》であった。

品川は東海道《とうかいどう》最初の宿場である。江戸の市中ではないため、多少騒いだところで、咎め立てられなくてすむ。さらに品川の海に近いため、魚も新鮮であり、旅籠には遊女もいる。また、江戸へ入る上方《かみがた》のものを陸揚げする場所でもあり、下りものと呼ばれる播磨《はりま》の酒も手に入りやすい。酒食と女がそろっている品川は、宴席を開くに適していた。

「そろそろお見えになる刻限である。貴公はそちらで控えておれ」

「わかりましてございまする」

指示されたのは、部屋の出入り口に近い下座であった。

「よいか、声がかかるまで頭《こうべ》をあげてはならぬぞ」

五木が念を押した。

「承知いたした」

早速《さっそく》、数馬は頭を垂れた。

「おこしでございまする」

旅籠の女中が階段下から声をかけた。

「今参る」

出迎えは、指導役五木の仕事であった。

「ようこそのお見えでございまする。本日はお忙しいところ、かたじけなく存じまする」

足袋裸足《たびはだし》で旅籠の土間へ下りた五木が礼を述べた。

「いやいや、本日はお招きありがたく」

「夏の品川は、市中より涼しゅうござるな。海風があるとないとでは、ずいぶん違う」

いくつもの駕籠《かご》から留守居役たちが、旅籠へと入ってきた。

「ささ、どうぞ、二階に席を用意いたしておりまする」

五木が先導して階段をあがった。

「どうぞ、あちらへ」

二間続きの座敷の上座へ、一同を五木が案内した。

「よい眺《なが》めでござるな」

「あれに見えるは、上方の船でござろうかの」

口々に話しながら、留守居役たちが座に就いた。誰一人として数馬へ目もくれなかった。

「では、早速でございまするが……」

一同が座るのを待って、数馬の右手へ腰を下ろした五木が口上《こうじょう》を始めた。

「わたくしの下座に控えおりまする者、このたび留守居役となりました瀬能数馬と申しまする。半月ほど前に国元から出てきたばかりで、ご城中の右も左もわきまえませぬが、なにとぞよろしくお引き回しのほど願いたく、本日ご挨拶をさせていただきまする」

言い終わった五木が、小声で数馬を促した。

「さっ」

「遠いところをお呼び立ていたしましたこと、幾重にもお詫び申しあげまする。瀬能数馬めにございまする。このたび前田家留守居役を拝命いたしました。なにぶんにも若輩浅才の身、なにかとお見苦しい点もございましょうが、ご寛容をもちまして、ご指導をいただきますよう、伏してお願い申しあげまする」

数馬が額を畳《たたみ》にすりつけた。

「五木どの」

もっとも上座にいた越前藩留守居役の春木《はるき》が口を開いた。

「ずいぶんとお若いようだが」

「今年で二十三歳になったばかりでござる」

問われて五木が答えた。

「ほう。それは」

「…………」

聞いた留守居役たちが顔を見合わせた。

留守居役は人付き合いが仕事である。剣の腕などよりも、世慣れていることが肝腎《かんじん》なため、壮年以上の者がほとんどであった。

「ご一同、若いからとはいえ、留守居役が務まらぬものではございますまい」

五人のうち一人が口を挟んだ。

「それだけの能力があると、加賀さまはご判断なされた。そうでござろう、五木どの」

「沢田《さわだ》どの……」

言われた五木が少しだけ困惑した顔をした。一ヵ月も一緒に組んで仕事をしていないのだ。数馬がどのていど使えるかわかっていなかった。

「これからおつきあいをいたしていけばよろしいことでござろう。さあ、堅苦しいのはここまで。いかがか、先達どのよ」

沢田と呼ばれた留守居役が、一同に問うた。

「よろしかろう。かしこまっていてはせっかくの酒肴《しゅこう》が冷めてしまうわ」

「まったく」

留守居役たちが同意した。

誰も前任の小沢の名前さえ口にしない。留守居役なのだ。裏の事情など、重々知っていた。

「ありがたく」

宴に移ることを許された五木が、手を叩《たた》いた。

「始めよ」

「へえい」

すぐに客と五木の前に膳《ぜん》が出された。新参である数馬の前には置かれない。これもしきたりであった。

「馳走《ちそう》になる」

「遠慮なく」

留守居役たちが箸《はし》をつけた。

「どうぞ」

見目麗《みめうるわ》しい女中が二名、上座に並んだ留守居役たちを挟むようにして座り、酒を注いだり、空いた皿を片づけたりと世話を焼く。

「この魚はなんだ」

「鰆《さわら》でございまする。少し旬を過ぎましたが、本日の朝漁師が釣りあげたものを、煎《い》り酒《ざけ》に漬けこみました」

訊かれた女中が答えた。

「なかなかよいの。ああ、酒を注げ」

「あい」

　上座で留守居役たちが飲み食いをするなか、一人数馬はじっと頭を垂れ続けていた。

「じっとしていよ。腹立たしくとも我慢じゃ。留守居役の仕事は、なによりも耐えること。どのような目に遭《あ》おうとも、罵詈《ばり》雑言《ぞうごん》を浴びせられようとも、眉《まゆ》一つひそめず、平静を保ち続けなければならぬのだ。頭から水をかけられても、怒らぬだけの覚悟がいる。それができずば、さっさとお役を退け。藩に迷惑をかける前に辞めなければならぬぞ」

　始まる前に数馬は、五木から太い釘を打たれている。

「…………」

　数馬は留守居役たちの気配を無視していた。剣の修行の一つ、瞑想《めいそう》に入った。

　剣術は人殺しの術《すべ》である。古来、人が戦ううえで武器を手にしたときから始まった人殺しの技、その一つが剣術であった。

　剣という道具を遣《つか》って、いかに効率よく人を殺すか。どれだけうまく己の身を守るか。この二つを、何百年かけて昇華してきたのが剣術である。そのなかでも数馬が修練した香取神道流《かとりしんとうりゅう》は、最古に属する歴史あるものだ。とはいっても、数馬は祖父と父から教えられただけで、道場で修業をした経験はない。だが、香取神道流の免許皆伝を得ている祖父数右衛門《かずえもん》から、厳しく鍛えられた。素振りなどの身体《からだ》を使ったものから、瞑想といった心胆を練るものまで、ひととおりを数馬は教えられた。

「……おい、瀬能」

「あ、なにか」

小声で呼ばれて、ようやく数馬は意識を鮮明にした。

「春木どのが、お呼びぞ」

五木が焦《あせ》った口調で告げた。

「それは……」

瞑想に没頭していたため、数馬は春木の手招きに気づかなかった。

「うまくお詫びをいれろ。春木どのが、この同格組を仕切っておられる。春木どのに嫌われたら、やっていけぬぞ」

耳元で五木がささやいた。

「はっ」

腰をかがめたままで、数馬は春木の前へと伺候《しこう》した。

「儂《わし》の招きが見えなかったか」

春木がいきなり機嫌の悪い声をかけてきた。

「いえ。若輩の身ゆえ、しきたりも存じておりませぬ。先達のお方よりお声をいただいたときにどうすればよいかわかりませず、五木の指示を待ってしまいました。ご気分を害されたこと深くお詫び申しあげまする」

数馬は言いわけをした。

「ものごとを知らぬならば、いたしかたないの」

しかたないと春木が納得した。

「知っておくがよいぞ。先達の指示は主君の命《めい》と同様である。なにをおいても従わねばならぬものだ。これからは、親の死に目でも呼ばれたならば駆けつけよ」

春木が告げた。

「心に刻みおきまする」

もう一度数馬は頭を下げた。

「うむ。ところで、おぬしは国元から江戸へ来たばかりだとか」

「さようでございまする。つい先月に出府《しゅっぷ》いたしました」

「江戸は初めてか」

「初めてでございまする」

ていねいに数馬は答えた。

「では、吉原へ行ったこともない」

「いまだ」

「はん」

首を振った数馬を春木が鼻先で笑った。

「それでは留守居役は務まらぬぞ。留守居役の任は、相手に心地よい思いをしていただくことだ。おぬしにそれができるか」

春木が扇《おうぎ》の要で、数馬を指した。

「なれておりませぬので」

扇の要で指すのは無礼である。だが、怒るわけにはいかなかった。数馬は春木の顔ではなく、胸へと目を落とした。

「なれておらぬ。そのような理由はつうじぬのが、留守居役であるぞ」

「ご指導をいただき、少しでも早くお役に立てるよう精進いたしまする」

「精進は、役目に就く前にすませておくものぞ。鉄炮組《てっぽうぐみ》に配されてから、撃ちかたを習うようでは、いざというときに間に合うまいが」

「仰せのとおりでございまする」

春木の言葉は正しい。数馬は、すなおに認めた。

「そもそも留守居役というのは、家老職が担《にな》っていたほどの重い役目で……」

それからも延々と春木が嫌みを聞かせ続けた。

「はい。さようでございまする。ご教示のほど伏して願いまする」

ずっと数馬は平身低頭し続けた。

「もうよろしゅうございましょう」

半刻（約一時間）以上経《た》って、ようやく沢田が間に入った。

「ささ、もう一献」

すばやく女中が片口から酒を春木の盃《さかずき》へと注いだ。

「……さがってよいぞ」

盃を飲み干して、春木が手を振った。

「お諭《さと》しかたじけのうございました」

説教という名の嫌がらせに礼を述べて、数馬はもとの座へと戻った。

「よく辛抱した。もう少しじゃ」

小さな声で五木が宥《なだ》めた。

「五木さま、別室のご用意が」

そこから小半刻《こはんとき》（約三十分）ほどして、旅籠の主が顔を出した。

「手配はぬかりないな」

「はい。すでに妓《おんな》を部屋で待たせておりまする」

主が告げた。

「よくやった。さて、ご一同、そろそろ酒食にも飽《あ》きられたと愚考つかまつる。次なる趣向はご自身で自在になされてはいかがでござろう。お部屋に準備が調《ととの》っておりまする」

褒《ほ》めて主を下がらせた五木が、一同へと語りかけた。

「それは結構だな」

「でござる」

一同が喜色を浮かべた。

「では、こちらへ」

酌をしていた女中が、一人ずつ留守居役を別室へと誘《いざな》って行く。

「………………」

ずっと数馬は額を畳にすりつけて見送った。

「あと少しじゃ」

そう言い残して五木も馴染《なじ》みの妓の部屋へと消えた。

「……あと少し。明日の朝、見送るまでがか」

一人になった数馬はぼやいた。

留守居役の挨拶は、徹底していた。宴席に招待したうえ、女まで用意しなければならない。それに本人は入らない。数馬はずっとこの部屋で食事も摂《と》らず、翌朝まで控えていなければならないのだ。

これも慣例であった。いつから始められたかはわからないが、新参者が組へ迎えられるための儀式であった。

留守居役にもっとも要るとされている忍耐を試すという大義名分のもと、試練は課された。

「お客さま」

主が顔を出した。

「妓が相手をいたしておりますれば、今から一刻（約二時間）ほどはだいじょうぶでございまする。今のうちに少しお休みになられませ」

加賀藩が留守居役を招くときによく使うだけあって、旅籠の主は心得ていた。

「……よいのか」

数馬は確認した。

なにせ試練なのだ。横になっていたり、酒を飲んでいたりしていないかと、夜中でも先達たちが不意に新参者のようすを見に来るのだ。

「大事ございませぬ。さすがに膳をお出しするわけには参りませぬが……」

皿にのせた握り飯を主が差し出した。

「すまぬ」

受け取った握り飯を数馬は口にした。

「一刻ののち、起こさせていただきます」

「頼む」

「横にはなられませぬよう、その柱にお背中をお預けになって、座ったままでお休み下さいませ。万一ということもございますれば」

主が忠告した。

「かたじけない。そうさせてもらおう」

握り飯を喰《く》い終えた数馬は、白湯《さゆ》を飲み干すと柱にもたれかかって、目を閉じた。

苦行は、夜明けと共に終わりを告げた。

「ご馳走であった」

「世話になり申した」

一夜、妓の歓待を受け、満足して留守居役たちは駕籠のなかの人となった。

「ごくろうでござった」

一緒に見送って五木がねぎらった。

「いえ。五木どのこそ、おつきあいをいただきかたじけのうございました」

数馬は一礼した。

「これと同じことを近隣組でもいたさねばならぬのでございますか」

藩邸へ向かいながら、数馬は問うた。

「近隣組ならば、これほどではない。なにせ、我が前田家が図抜けておるゆえ、あまり無理難題をふっかけられぬ」

五木が述べた。

「しかし、あのようなまねを代々続けておられるとは」

「決めごとだからの。一人二人が止めようと言ったところで、誰かが反対すればそれまでじゃ。なにせ、先達は古参の特権だ。下積みから耐え続けて、ようやくその地位に至る。同格組でいえば、春木どのが転じるか、隠居されないかぎり、先達の座は空かない。それこそ就任してから、先達になることなく、留守居役でなくなる者も多い」

数馬の考えを五木が潰《つぶ》した。

「今の春木どのも二十年かかって先達になった。わかるだろう」

「……………」

五木の言葉に、数馬は無言で首肯した。

二十年といえば、剣術の修行でも奥義へ達するに近い。そこまで血を吐くような修行を重ねてきた結果を、無に返せといわれて従えるわけなどなかった。

「納得できぬだろうが、それが決まりというものだ。そして、留守居役には、約束事が多い。人のつきあいに決まりは要る」

「わかりまする」

数馬は同意した。

「まあ、しばらく瀬能は、同格組に出なくてよろしい、城中の留守居溜《だまり》にもな。まだ人づきあいできまい」

「よろしゅうございまするので」

留守居役の主たる任から外れてかまわないと言われた数馬は確認した。

「もちろん、働いてはもらう。留守居役の仕事はいくらでもある」

五木が述べた。

「昨日から今朝へかけての経験をお忘れあるなよ。留守居役はなにがあっても怒ってはならぬ」

「心得ておきまする」

教訓をすなおに数馬は聞いた。

三

「……あれは」

屋敷まであと少しとなったところで、五木が足を止めた。

「いかがなされた」

数馬は問うた。

「小沢……どの」

五木の顔がこわばった。

「……小沢どの。どなたでござる」

初めて聞く名前に、数馬が首をかしげた。

「おぬしは黙っていてくれ」

五木が数馬の前に出た。

「今、お帰りでござるかの」

道のまんなかに立ちふさがっていた中年の武家が笑った。

「その御仁《ごじん》が新しい留守居役どのだな」

小沢が言った。

「品川でのお披露目、お誘い下されればよかったものを。残念でござるぞ」

「………」

嫌らしく笑った小沢に、五木が憮然《ぶぜん》とした。

「まあ、我が堀田家と前田さまでは格が違いまするゆえ、本日お声がかからなかったのも当然でございますが……」

小沢が五木から数馬へと目を移した。

「ご紹介を願いたいですな」

「……新しい留守居役、瀬能数馬という」

渋々《しぶしぶ》五木が教えた。

「瀬能数馬どのと言われるか。拙者は堀田備中守《びっちゅうのかみ》家臣小沢兵衛と申しまする」

「お初にお目通りをいたしまする。加賀前田家留守居役瀬能数馬でございまする」

名乗られて返さないのは無礼である。数馬も名乗った。

「こちらこそよしなに願いましょう。貴殿とはなにかと縁が深うございまするからな」

「縁でございまするか」

なんのことかわからない数馬は怪訝《けげん》な顔をした。

「小沢……どの」

遅れて敬称を付けながら、五木が制した。

「邪魔はしないでいただきたいな」

小沢が機嫌の悪い声を出した。

「…………」

老中の留守居役と敵対するのは、得策ではない。五木が沈黙した。

「……縁とはな」

五木を黙らせた小沢が数馬へ話しかけた。

「貴殿は拙者の代役でござるということ」

「代役……」

数馬は意味がわからなかった。

「そう。代役。貴殿が江戸へ来る前まで、拙者は加賀藩で留守居役を相《あい》務めておったのでござるよ」

「ということは」

さっと数馬は、身構えた。数馬が江戸へ出てきたのは、綱紀の将軍就任を巡ってのお家騒動を収めるためであった。藩主の一門前田直作《なおなり》が国元を出て江戸へ着いたことで、お家騒動は収まり、負けた藩士たちの一部は前田家から去った。

そして、騒動によって加賀を去った者たちこそ、前田直作の警固《けいご》を担《にな》った数馬にとって敵であった。

「お、落ち着いていただきたいな。日中、江戸の市中で争闘するなど、主家に迷惑をかけるだけでござるぞ」

殺気を浴びせられた小沢が、少し退きながら数馬に警告した。

「瀬能、気を抑えよ」

五木も数馬へ自重を求めた。

「……ご無礼をつかまつった」

数馬は身体の力を抜いた。

「かつては同僚。そして、今は主君を違えるとはいえ、同役。今後ともによろしくお願いをいたしたいものでござる」

「こちらこそ、よろしくお引き回しのほどをお願いいたしまする」

小沢の小馬鹿にしたような言い方に、しぶしぶ数馬も応じた。

「では、早速でござるが、一席設けさせていただきましょう。いかがでござろう。いきなり今宵《こよい》というわけにも参りますまい。新参のご試練を終えられたばかりで、お疲れでしょうからの。明後日ではいかがか」

「五木どの」

誘いを受けていいかどうか、数馬は五木に問うた。

「…………」

頬《ほお》をゆがめながらも、五木が首肯した。老中の留守居役の一言は重い。

「では、当日の夕刻、さよう七つ（午後四時ごろ）に、吉原の揚屋《あげや》十文字屋《じゅうもんじや》でお待ちしておりまする」

小沢が述べた。

「ご招待ありがたく、お受けいたしまする」

数馬は頭を下げた。

「ああ。申しあげるまでもないことでございまするが、瀬能氏《うじ》、お一人でおいでくださいますように」

「なにっ」

制限をかけられて五木が絶句した。

「しかし、瀬能はまだ役目に就いたばかりで、留守居役のしきたりに慣れておらぬ。どのようなまちがいをおかさぬとも……」

五木が焦った。

「ご心配なさるな。拙者とて加賀には思いもござる。決して、無茶など申しませぬよ。いや、引き継ぎができなかったお詫び代わり、少し留守居役というものについてお話をさせていただくつもりでござる」

小沢が手を振った。

「いや、なんと言われようとも……」

「老中堀田備中守家の留守居役として、正式なお招きでござる」

不意に小沢が口調を変えた。

「ぐっ……」

百万石とはいえ、前田家は外様大名でしかなかった。藩主綱紀が、家康の玄孫であってもその身分は変わらない。そして外様大名は、老中の意向に逆らうことはできなかった。

「独りでお邪魔いたしまする」

詰《つ》まった五木に代わって、数馬が承諾した。

「けっこうでござる。では、後日」

言い残して、小沢が去っていった。

「……瀬能、よいのか」

「お断りできますまい」

数馬は嘆息した。

「たしかにな。先日、酒井雅楽頭さまのご推挙をお断りしたばかりだ。ご大老さまのご気分を害したうえ、ご老中さまのご機嫌を損ねるようなまねをするわけにはいかぬ」

言われて五木が顔を大きくしかめた。

外様大名には幕府へ引け目がある。徳川家の譜代ではないという引け目だ。

譜代の家臣というのは、主家をもりたてるために代を重ね、場合によっては死者も出している。今の徳川家があるのは、我らが支えてきたからだという誇りが譜代にはあり、それに対して徳川家は譜代の家系を子々孫々まで庇護《ひご》する義務を負っている。もちろん、なにかあれば譜代であろうとも取り潰しなどの咎《とが》めを受けることはあるが、基本、主君は譜代の家臣を大切にする。

それに比して、外様大名は立場が違った。たしかに関ヶ原の合戦や大坂の陣で家康に与《くみ》したとはいえ、それは豊臣に愛想を尽かしたからであり、徳川家をもりたてようとした結果ではない。外様大名は徳川の家臣ではなく、与力なのだ。

与力は、そのときどきで手を組む者であり、主従ではなかった。

一応、三代将軍家光の宣言で、外様大名も徳川家の家臣として組み入れられていたが、それはあくまでも形式でしかない。与力とは、双方どちらからでも相手を見限れる関係である。つまり、外様はいつ謀叛《むほん》を起こしても不思議ではなく、徳川はいつ外様を捨ててもいい。これが徳川と外様の真の関係であった。

となれば天下を取った徳川が圧倒的に優位に見える。が、それも慶安《けいあん》の変まででだった。

駿河《するが》浪人由井正雪《ゆいしょうせつ》が、天下にあふれる浪人を糾合《きゆうごう》して起こそうとした謀叛は、幸い訴人が出たお陰で未然に防がれた。とはいえ、その計画の詳細を知った松平伊豆守《いずのかみ》や阿部豊後守《ぶんごのかみ》は、恐怖した。駿河、江戸、京都、大坂で同時に始まるはずだった由井正雪の策は、もし実行されていたら、天下大騒乱となりかねないものであったからだ。

そして、その大騒乱の源は徳川によって潰された外様大名家から放たれた浪人者であった。浪人とは、武力を持ちながら、明日のない者。明日のない者は、失うものを持たないだけに、なにをしでかすかわからない。

浪人者が増えることの恐ろしさに気づいた執政たちは、外様大名を潰すのを控えた。

四代を重ねた徳川幕府は、治安維持を目的とする幕府、自己保身を願う外様大名との危うい綱引きの状態で均衡を保っている。

その均衡の最たる重石《おもし》が、外様、いや、大名で最高の石高を誇る加賀前田百万石である。

「酒井雅楽頭さまが、なにも前田家に言ってこられないのは、上様のご体調が芳《かんば》しくないからだ。慶安の変が、三代将軍家光さまのご逝去《せいきょ》の直後であったことから、代替わりが無事にすむまで、なにごともないようお控えになっておられる」

五木が語った。

「今、加賀に手出しをして潰せば……」

「七千をこえる家臣が幕府に恨みを持った浪人として、野に放たれる」

数馬の危惧《きぐ》を五木が述べた。

「とはいえ、それに甘えるわけにはいかぬ。多少緩くなったとはいえ、幕府と外様は敵である。いつ刃が向けられるかわからぬ。刃が一つだけならばまだどうにか防げても、二つ、三つになれば……」

「酒井雅楽頭さま以外の敵を作るなと」

「そうだ。進むぞ。ここで立ち話する内容でもない」

首肯《しゅこう》した五木が、先に立って歩き出した。

「あの小沢はな、もと前田家の留守居役であった。そして藩の金を使いこんだことがばれて逐電《ちくでん》した」

「そのような者が、どうやってご老中の家中に」

「わからぬ」

苦い顔を五木は続けていた。

「そのあたりの事情は知れておらぬ。留守居役だったのだ、堀田備中守さまの御家中に知人が居ても不思議はない。が、裏に堀田備中守さまの思惑があるのはまちがいなかろう。なにせ、加賀の内側を知り尽くしているのだ、小沢は。外様への見せしめに加賀はなによりだからな。加賀が膝《ひざ》を屈すれば、他の大名を落とすのは難しくない」

「小沢どのから得た話で堀田備中守さまが、加賀を脅《おど》すと」

「他に小沢の使い道などあるまい。藩の金をごまかすだけならまだしも、藩の秘事、今回の騒動が表に出る前に漏らすなど、ろくでもないまねしかしていないのだぞ」

憎々しげに五木が吐き捨てた。

「その小沢どのが、なぜ拙者を」

「気づいておらぬのか、おぬしは話題じゃ」

五木があきれた。

「わたくしがでございますか」

数馬は驚愕《きょうがく》した。

「そうだ。二十歳《はたち》そこそこで留守居役などありえないのだぞ。さらに国元から出てくるなりの抜擢《ばってき》だ。よほどの出来物か、あるいは……」

「裏があるか」

五木が濁《にご》した最後を数馬は口にした。

「そうだ。そして、裏があるなら、それを知ればより加賀を抑えることができる。そう考える者がいて当然だろう。大老酒井雅楽頭の誘いを断った加賀だ。その加賀を思うがままにできれば、堀田備中守さまの評価はあがる。老中でもっとも新参な堀田備中守さまが、御用部屋で幅をきかせることができる」

「わたくしは、その道具……」

数馬は頬をゆがめた。

「のう、瀬能よ」

五木が声を潜《ひそ》めた。

「本当に裏はないのか」

「なにを。五木どのはおわかりでござろう」

数馬は目を剝《む》いた。江戸藩邸に入ってから、もっとも親しくしている五木にまで疑われているとは思ってもみなかった。

「……ならばよい。忘れてくれ」

少しだけ数馬を見つめて、五木が引いた。


離れていく数馬たちを辻角から猪野たちが見送った。

「瀬能が留守居役など……旗本崩れのくせに」

猪野が憤慨《ふんがい》していた。

身分制度の厳しい加賀藩では、留守居役はかなり高位になる。かつて瀬能家が代々踏襲してきた珠姫霊廟番《たまひめれいびょうばん》とも、格も権も違う。

「本来ならば、あやつの立場にいたのは、我らだった」

もう一人のもと加賀藩士が同意した。

「板野《いたの》もそう思うか」

猪野が満足げな顔をした。

「当然でござる。あの裏切り者前田直作を排し、殿のお考えのまちがいをただす。その功績をもって、我らは平士となり、猪野どのは人持《ひとも》ち組《ぐみ》へあがる。そのはずでござった」

くやしそうに板野と呼ばれたもと加賀藩士が言った。

加賀藩の身分制度は単純でもあった。藩主の下に本多政長、前田直作ら七人の人持《ひとも》ち組頭《くみがしら》があり、続いて高禄の人持ち組、そして平士、最後に目見《めみ》えのできない与力となっている。厳密にいうと、平士の下に平士並と呼ばれるものたちもいるが、さほどの差があるわけではない。

加賀藩では、能力さえあれば、平士であっても用人や家老職に就けた。しかし、平士から人持ち組へと家格をあげるのは、非常に困難であった。

通婚などもそうだ。人持ち組頭の娘が人持ち組に嫁ぐことはままあったが、人持ち組の娘が平士の嫁になることはまずない。加賀藩では、平士と人持ち組の間には、こえられない大きな溝があった。

それをこえる好機であった。前田直作を江戸に着くまでに殺し、藩政を前田孝貞が握る。そうすれば、猪野は最大の功労者として、平士から人持ち組へ引きあげられ、禄《ろく》もふさわしいだけのものに増やされる。人持ち組は加賀藩の上士である。その禄は数千石から万石近くに及ぶ。

だが、夢は潰《つい》えた。瀬能数馬の活躍で、前田直作は無事江戸上屋敷に入り、藩主綱紀と会談、お家騒動に決着がついた。

瀬能が勝ち、猪野たちは負けた。敗者にはなにも与えられない。どころか、すべてを奪われるのが常である。無断で国元を出奔《しゅっぽん》した形で江戸まで前田直作を追った猪野たちは、国元に帰ることもできず、罪人として逃げ出すしかなかった。

「あやつのために、我らは……」

猪野が歯嚙《はが》みをした。

「今、襲ってくれるなよ」

少し後ろにいた小沢が注意した。

「……わかっている」

歯噛みをして猪野が首肯した。

「このように他人目《ひとめ》の多いところで、馬鹿はせぬ」

「けっこうだ。もし、一歩でもその角から出ていたら、さっさと見捨てていた」

言う猪野へ、小沢が告げた。

「…………」

猪野が沈黙した。衣食住、そのすべてを賄《まかな》う金を小沢に出してもらっている。逆らうわけにはいかなかった。

「襲うなとは言わぬ。ただ、襲いたいのなら、儂とあの瀬能という若造が話をしてからにしてくれ。少しでも前田の内情を知っておきたい。どうして、将軍推戴《すいたい》という名誉な話を捨てたのかなどな」

小沢が命じた。

「わかっている。今の我らは小沢どのの庇護《ひご》なくしては、生きておられぬのだ。言われたことは守る」

猪野が宣した。

「明後日、小沢どのと会った帰りならば、よいのだな」

「ああ。それならばよい」

念を押した猪野に小沢が認めた。

「では、儂は帰る。今夜も人と会わねばならぬのでな」

小沢が離れていった。

「猪野氏《うじ》……」

「わかっている。今は雌伏のときだ。いつか藩に返り咲くまで、耐えるしかない。小沢のような小者に顎《あご》で使われようとも……」

窺《うかが》うような板野の顔に、猪野が述べた。

「猪野さま」

ずっと黙っていたもう一人が口を開いた。

「なんじゃ、高山《たかやま》」

横柄な態度で猪野が応じた。

「帰参するならば、藩の留守居役を害しては、よりまずい状況になるのではございませぬか」

高山が訊いた。

「たしかに、高山の申すことにも理がございますな」

板野が加わった。

「噂では、あの瀬能は本多さまの娘婿《むすめむこ》になったとか。本多さまの一門に手出しをするのは……」

「逆だ。あやつを殺してこそ、帰参はなる。とくに高山、そなたはだ」

猪野が声を重くした。

「えっ」

「……」

高山と板野が顔を見合わせた。

「そなたは、我らのように直臣ではなく、前田孝貞どのの家臣であろう。主君の命で前田直作を襲った。それを邪魔したのがあやつだ。いわば、主命を果たせなかった原因である。その原因を除かねば、帰参などかなうまい」

「……」

猪野の話に、高山が黙った。

「板野氏よ。我らはどうだ。藩主を幕府へ売るようなまねをする前田直作を止めるために決起したのではなかったか」

「そうでござる」

前田直作を江戸へ呼んだ藩主の意向に逆らう行為であっただけに、大義名分は要る。大義さえあれば、主命をゆがめても言いわけはきく。

「その義を崩したのが、瀬能だ。義を果たそうとする我ら御為派《おためは》を阻害した瀬能は不義である。不義を討ち果たさずして、なんの御為派であるか。今でこそ、前田直作が幅をきかせているが、手先である瀬能を討たれれば、御為派の決意の重さをあらためて知り、おののくであろう。さすれば、押さえられている仲間がふたたび蜂起する」

正義は我にありと、猪野が述べた。

「蜂起……」

「そうだ。そして前田直作を倒し、畏《おそ》れながら殿にはご隠居いただく。御一門から新たな殿をお迎えし、藩政を一新する。幕府のひも付きである本多も潰す。そう、新しい殿のもと、一枚岩に加賀藩はなる。その原動力となるのだ。我らは。ことをなしたあかつきには、功績第一として、それこそ、儂は人持ち組頭にもなれる。板野、おぬしは人持ち組だ。高山、そなたも前田孝貞どのの家臣から、平士へのおとり立てになるぞ」

猪野が力をこめて演説した。

「人持ち組……」

「平士……」

板野と高山が目を見開いた。

「そうだ。五万石の本多と一万二千石の前田直作家を潰せば、それくらいの禄は浮く」

「……たしかに」

「おおう」

二人が納得した。

「なにより、我らにはご老中堀田備中守さまがついているのだ。瀬能一人殺したところで、どうということもない」

猪野が二人を強い目で見つめた。

「反撃の狼煙《のろし》をあげようぞ。我らの手で、加賀を救うのだ」

「おう」

「ご指示にしたがいまする」

猪野の鼓舞に二人が応じた。

第三章　遊興の裏

一

加賀藩《かがはん》上屋敷のある本郷《ほんごう》五丁目から吉原《よしわら》へはちょっとした距離があった。まず、まっすぐ東に進み、東叡山寛永寺《とうえいざんかんえいじ》を目指す。不忍池《しのばずのいけ》、寛永寺門前を過ぎて直進、東本願寺の東廉《ひがしかど》を左折、花川戸《はなかわど》で曲がり、次の辻《つじ》を左へ入り、しばらく行けば日本堤《にほんづつみ》に出る。そして日本堤を上れば、すぐに吉原の入り口五十間道《ごじっけんみち》に当たる。

「ここで合っているのか」

同行してくれている林彦之進《はやしひこのしん》に数馬は問うた。

「吉原の影さえ見えぬぞ」

日本堤は山谷堀《さんやぼり》の土手になり、少し高く見晴らしはよい。数馬は吉原のある方向を探した。

「見えなくて当然でござる」

林彦之進が言った。

「この日本堤は、鷹狩《たかが》りに向かわれる将軍家の御成道《おなりみち》でもございまする。万一お成りのとき、不浄の吉原が見えては不敬にあたるということで、見えないよう工夫されておりまする」

「見えないように……」

数馬はもう一度五十間道の先を見た。

「行ってみればわかりまする。さっ」

先に立って林彦之進が歩き出した。

林彦之進は、瀬能家の家士ではなかった。数馬の岳父《がくふ》にあたる本多安房《あわ》政長の家臣である。勘定方《かんじょうかた》に長く属し、江戸詰《づめ》の経験もある。本多政長は、世間知らずの数馬のために、世慣れた家臣を付けるべきだと考えて、林彦之進を選んだ。とはいっても林彦之進は本多家の臣であり、瀬能の長屋に逗留《とうりゅう》することはできなかった。道中を同行した林彦之進は、江戸に入ってから、ずっと本多家江戸屋敷に在していた。

数馬は、やはり江戸が初めての石動《いするぎ》ではなく、林彦之進に吉原の同行を頼んでいた。

「五十間道はその名のとおり、五十間（約九十メートル）ござる。そして、途中で大きく曲がっているのでござる。ここで」

「たしかに……おおっ。あれが大門《おおもん》か」

曲がった瞬間、目に入ってきた風景に、数馬は驚いた。左右に並んだ店を従えるように、吉原の大門が、口を開けていた。その大門から気を浮わつかせるような音楽と女の甘い声があふれていた。

「さようでござる」

林彦之進がうなずいた。

「さて、若殿よ」

本多政長の娘琴姫の婿《むこ》となった数馬を、林彦之進はこう呼んだ。

「顔を隠されますか」

林彦之進が訊《き》いた。

「面体《めんてい》を隠す……」

どういうことかと、数馬が問い返した。

「吉原遊びを見られてつごうが悪い相手がございますかとお尋《たず》ねいたしております

る」

「遊ぶわけではない。今日は、小沢どののお招きで話をするだけ。なんの恥じることもない」

数馬が首を左右に振った。

「ならば、編み笠は無用でございますな」

「編み笠など、持ってきておらぬぞ」

数馬が戸惑った。

「借りるのでござる。そこで」

道の両側に並んでいる店を、林彦之進が見た。

「これらは編み笠茶屋と申しましてな、堂々と吉原がよいのできない御仁《ごじん》たちがここで顔を隠すための編み笠を借りたり、衣服を着替えたりするのでござる」

「編み笠はわかるが、衣服を替える意味などあるのか」

数馬は質問を重ねた。

「僧侶などでございますよ。いかに顔を編み笠で隠しても、墨衣《すみごろも》をまとっていては、すぐに身分がばれましょう。そこで、茶屋で小袖《こそで》とたっつけ袴《ばかま》などを借りて、医師や茶や俳諧《はいかい》の宗匠《そうしょう》にばける」

「坊主が遊女買いか。罰当たりな」

林彦之進の説明を聞いた数馬はあきれた。

「なにを言われる。若殿は、この世の成り立ちを否定されるか」

「この世の成り立ちだと」

「はい。この世は男と女でできておりまする。男女がいて初めて子供ができ、代を続けていくことができる」

「それはわかっている。だが、御仏《みほとけ》に仕える身に、女犯《にょぼん》は許されまい」

「御仏はどうやって誕生された」

林彦之進が口調を強くした。

「仏陀《ぶっだ》さまは、印度《インド》の王族の出だといいまする。王族としての豪勢な生活を捨てて、修行に入られ、悟りを得られた。ゆえにお偉いが、人でござる。人はかならず、女から生まれる。もし、仏道に帰依《きえ》し、誰もが男女の和合をおこなわなければ、どうなりましょう」

「……子が生まれなくなる」

「その先にあるのは滅び……」

「滅び」

「…………」

はっきりと林彦之進が首肯《しゅこう》した。

「まだおわかりではないでしょうが、世のなかはきれいごとだけで回りませぬ。光のあたるところの後ろには、かならず陰がございまする」

林彦之進が、大門の前で足を止めた。

「まず最初に知られる陰として、吉原はちょうどよいかと思いまする」

「これが大門か」

近くで見ると思いの外簡素な造りに数馬は拍子抜けした。

大門は左右に大きな柱を立てただけのものである。夜明けとともに開かれ、真夜中に閉められる。

「さようでございまする。そして、ここから先は異界でござる。男にとって極楽であり、女には地獄」

林彦之進が告げた。

「極楽の説明は要りますまい。もっとも金があっての極楽でございますが。天下の美女でも腕《かいな》に抱けまする。対して地獄の女たちは……いや、それはご自身の目でご確認いただきましょう。なかへ入りましょう」

説明を途中で終え、林彦之進が促《うなが》した。

「次からはわたくしはお供いたしませぬ。お一人でのお出でになりますので、よく覚えてくださいませ」

林彦之進が釘を刺した。

「あ、ああ」

大門を潜《くぐ》った数馬は、周囲のあでやかさに目を奪われていた。

「入って左手が会所《かいしょ》でございまする。ここは吉原に出入りする者を見張っており、逃げ出そうとする遊女や、入りこもうとする罪人などを捕まえまする」

「あの男たちは奉行所の役人か」

「いいえ」

林彦之進が否定した。

「あの者たちは、吉原の遊女屋の男衆《おとこし》、通称忘八《ぼうはち》どもで」

嫌そうに林彦之進が顔をゆがめた。

「忘八とはなんだ」

「仁義《じんぎ》礼智忠信孝悌《れいちちゆうしんこうてい》、これら人としての心根を捨てた者でございまする。金のためならなんでもする小汚い連中で」

「そのような者がなぜ」

「身売りした女を無理矢理妓《おんな》として働かせるには、ときに暴力も要《い》りましょう」

「女を殴るのか」

数馬は目を剝《む》いた。

「殴る蹴るだけではございませぬ。さすがに商品である女の身体《からだ》に残るような深い傷はつけませぬが、それ以外なら、なんでもしてのけまする」

吐《は》き捨てるように林彦之進が言った。

「ご安心を。金を払いおとなしくしている限り、客にはなにもいたしませぬ。どころか、犬のようになんでもいうことを聞いてくれまする」

「なんでもか」

数馬は驚いた。

「はい。夜中に魚が喰《く》いたいと言っても、用意してくれまする。手紙を届けてくれと頼めば、江戸のどこにでも運んでくれまする。もちろん、応じるだけの金をやらねばなりませぬが」

「ふむう」

「金さえ遣《つか》えば、吉原では庶民でも大名以上の贅沢《ぜいたく》がかないまする」

林彦之進が告げた。

「身分は関係ないのだ」

「よくお気づきで」

独り言のように呟《つぶや》いた数馬へ、林彦之進がほほえんだ。

「あの大門のうちは、幕法もつうじませぬ。吉原には吉原の定めがあり、それには町奉行所も口出しをいたしませぬ」

「そんなことが許されるのか」

数馬は疑った。

武家諸法度で大名に参勤交代を課し、禁中並《ならびに》公家諸法度で公家はおろか天皇の行動にまで枠をはめた幕府である。たかが悪所にそれほどの特権を与えるとは思えなかった。

「吉原は御免色里《ごめんいろざと》でございますから」

「御免だと」

その指す意味を数馬は悟った。

「はい。神君家康公より庄司甚内《しょうじじんない》が、江戸の遊女を取り締まる権を与えられ開いたのが吉原だとか」

「神君家康公か。ならば、町奉行では手出しできぬな」

数馬は納得した。

「吉原の定めとはなんだ」

「殺され損でございまする」

問うた数馬へ、林彦之進が一言で答えた。

「物騒だな。殺され損か」

「ゆえに、吉原では絶対にもめごとを起こしてはなりませぬ。吉原の大門うちでは、大名も庶民も同じ遊客。大名だから特別扱いされるなどありませぬ。喧嘩《けんか》は御法度。相手に殺されても文句はいえないどころか、忘八たちから打たれても反撃さえできませぬ」

林彦之進が厳しい顔をした。

「おわかりでございましょうが、吉原のなかでどのようなことがございましょうとも、藩は助けの手を伸ばしませぬ。殺されたとしても下手人を詮議《せんぎ》することはもちろん、吉原に苦情を申し立てることもいたしませぬ。どころか、遺骸《なきがら》さえ引き取りませぬ。吉原で死ぬのは、最大の不名誉。死ねば、本人は過去に遡《さかのぼ》って藩籍を削られ、家族は放逐《ほうちく》、一門も相応の罪を受けまする」

「わかる」

数馬は首肯した。

家臣は主《あるじ》のために死ぬものである。それが悪所で死体を晒《さら》したなど、藩の名前に傷がつく。かかわりのない者として、放置されて当然であった。

「お武家さま、お揚がりの廓《くるわ》はお決めで」

歩いている二人に声がかかった。

「おぬし、どこの見世《みせ》のものだ」

足を止めて林彦之進が問うた。

「おい、今日は……」

「しばしお待ちを」

行く先は決まっていると言いかけた数馬を林彦之進が制した。

「へい。あっしは山本屋《やまもとや》の若い者でござんす」

「山本屋か。ちょうどよいな」

「どういうことだ」

一人でうなずいている林彦之進に、数馬は声をかけた。

「吉原で遊ぶには、馴染《なじ》みの見世を作らねばなりませぬゆえ。おい、おぬしの名前は」

もう一度数馬を抑えて、林彦之進が続けた。

「あっしは、皆吉《みなきち》と申しまする」

「皆吉か。覚えた。これを遣《つか》わす」

すばやく懐《ふところ》から紙入れを出した林彦之進が、一分金を皆吉に渡した。

「これは、ありがとうございやす」

一分金を皆吉が押しいただいた。一分は小判の四分の一である。相場があるため一《いち》概《がい》には言えないが、銭にして千文をこえる。大工の日当が二百文から四百文ていどでしかないことから考えても、かなりの金額であった。

「今日は招かれゆえ、そなたの見世に参れぬ。ただ、近いうちにこちらの御《ご》仁《じん》、瀬能さまが、そちらの見世に行かれるゆえ、いろいろとご案内してくれ」

心付けの理由を林彦之進が述べた。

「こちらさまは、吉原は初めてで。承知いたしましてございまする。次にお見えのおり、是非《ぜひ》そこの山本屋をお訪ねくださいやし。精一杯おもてなしをさせていただきやす」

胸を叩《たた》いて、皆吉が請け負った。

「頼んだぞ。さあ、もう少しでございまする」

林彦之進が手を振って、数馬を誘った。

「どういうことだ」

「吉原のしきたりでございまする。世間とは違うしきたりがいろいろございまする。くわしくは、後日、皆吉からお聞きくださいますよう」

詳細を林彦之進は口にしなかった。

「十文字屋《じゅうもんじや》。ここでございますな」

大門から二町（約二百二十メートル）ほど、通りを挟んで二階建ての見世が並ぶ始まりの一軒で林彦之進が暖簾《のれん》を潜《くぐ》った。

「ここか」

「おいでなさいませ」

続いて見世に入った数馬は、出迎えた若い衆に名乗った。

「小沢さまのお招きを受けた瀬能数馬でござる」

「うかがっておりまする。どうぞ、お二階へ。お連れさまは供待ちへ」

「いや、拙者はここまででござる。では、若殿。また明日」

さっさと数馬を残して、林彦之進は帰っていった。

「……なんなのだ」

置いていかれた数馬は唖然《あぜん》とした。

「あの、瀬能さま」

若い衆が呼んだ。

「ああ。二階か」

数馬は草履《ぞうり》を脱いだ。

「さようでございますが、お上がりになられる前に、お腰のものをお預かりいたしまする」

若い衆が促した。

「両刀ともにか」

「へい」

「これも吉原のしきたりというやつだな」

「さようでございまする。女を抱くに刃物は不要でござんしょう」

確認した数馬に、若い衆がうなずいた。

「では、手を出してくれ。まずはこれを」

数馬は紙入れから小粒金を出して、若い衆に渡した。

「これはどうも」

「頼むぞ」

頭を下げた若い衆に数馬は両刀を渡した。

「たしかに」

捧げるように持った若い衆が両刀を入り口近くの小部屋へと収めた。

「どうぞ」

あらためて数馬は二階へと案内された。

「小沢どのは」

「昨夜よりお泊まりをいただいておりまする」

「……そうか」

少しだけ数馬は驚いた。

武家の外泊は御法度であった。当たり前だ。武士は主君に仕え、いざ鎌倉というときに馳《は》せ参じるものである。なにかあったとき、すぐに応じられるよう、居場所を明らかにしておかなければならない。それが遊女屋に堂々と泊まる。従来の常識では考えられないことであった。だが、これこそ、留守居役であった。

留守居役には、夜間の外出も、居所を決めない外泊も認められていた。任とあれば、箱根《はこね》あたりまでなら、湯治に出かけることも許されていた。

「こちらで」

二階へ上がって、もっとも奥の広間の襖《ふすま》に若い衆が手をかけた。

「小沢さま、お客さまがお見えでございまする」

「おう、お入りいただけ」

「御免くださいませ」

なかの応答を受けて、若い衆が襖を開いた。

「お招きをいただき、かたじけない……」

一礼して、座敷に入った数馬は目を剝いた。

床の間を前に座っていた小沢の腕のなかに遊女がいた。しかも遊女の胸を小沢が摑《つか》んでいた。

「お客さまだ。小鹿《ころく》、しばらく席をはずせ」

「あい」

遊女が身形《みなり》を整えもせず、立ちあがった。大きな胸乳から白い太股《ふともも》まで見せつけるようにして、小鹿が数馬の隣を通って、座敷を出て行った。

「いい女であろう。西田屋《にしだや》自慢の妓の小鹿だ。手出しはご無用にな」

唖然としている数馬へ、笑いながら小沢が告げた。

「あ、承知いたした」

数馬はなんとも間抜けな返答をした。

「お座りあれ」

「……………」

勧められてようやく数馬は、小沢と正対する座へ腰を下ろした。

「本日はようこそお出で下さった」

「厚かましくも参りました」

一応の形となっている挨拶《あいさつ》をかわした。

「酒をお持ちいたしました」

それを見計らっていたように、若い衆が酒肴《しゅこう》を運んできた。

「かつての同僚の誼《よしみ》もある。また、二人きりで先達も後輩もあるまい。酒は己《おのれ》でな。肴《さかな》も勝手に箸《はし》をつけてくれ」

小沢が宴席をくだけさせた。

「遠慮なく。頂戴《ちょうだい》いたす」

留守居役の決まりで、宴席の代金は招いた側が負担する。数馬はまず礼を述べた。

「ここの料理はたいしたものが出るわけではない。うまいものを喰いたいのならば品川にすべきだ。その代わり女の質が違う」

酒を飲みながら小沢が言った。

「女でござるか」

「ああ。あとで貴殿にも味わっていただくがな、吉原の誇る遊女の床技を」

「はあ」

数馬は曖昧《あいまい》な答えをした。

「……さて、そろそろ話をさせていただこうか」

膳の上の肴をかたづけ終わったところで、小沢が盃《さかずき》を置いた。

「なんでございましょう」

応じて数馬も姿勢を正した。

「家中はどうなってござるかな」

「どういう意味でございましょう」

質問の意味を数馬ははかりかねた。

「騒動の後始末は終わったのでございますかと訊いておりまする」

「………」

数馬は口を閉じた。藩中の騒動を外で話すなど、藩士として論外であった。

「おとぼけあるなよ。拙者《せっしゃ》とて一ヵ月ほど前までは、加賀の臣だったのでござる。藩侯に将軍推戴のお話が来ていたことも、その是非《ぜひ》を巡って家中が割れたことも知っておりますぞ。そう、前田孝貞《たかさだ》どのと前田直作《なおなり》どのの間で争闘があったことも」

「…………」

まだ数馬は沈黙を守った。それくらいは、加賀前田家に縁のある者ならば知っていておかしくはない。

「意味のないまねをなさるな。拙者は碓氷峠《うすいとうげ》でなにがあったかも存じているのでござる」

「うっ……」

数馬は息を呑《の》んだ。碓氷峠での戦いまで知られているとは思わなかった。

「それだけではござらぬよ。碓氷峠での残党が、江戸まで追いかけてきたことも」

さらなる札を小沢は切ってきた。

「どこでそれを」

とうとう数馬は我慢できなくなった。

「そちらは話さず、こちらの話は聞きたい。それはとおりますまい。留守居役は五分と五分が決まり。一つ聞きたいならば、一つ教えていただかねば、酒と肴、女の代金まで払わせたうえ、己だけ得するなど、今後のおつきあいができかねますぞ」

小沢が忠告した。どのような経緯をとろうとも、今の小沢は老中の家中である。敵対するわけにはいかなかった。

「少し考える暇《いとま》をいただきたい」

数馬は即答を避けた。

「けっこうでござる。では、明日の朝餉《あさげ》のおりにでも」

小沢が了承した。

「おい」

大きく小沢が手を叩いた。

「あい」

「はあい」

待つほどなく、妓が二人入ってきた。

「主《ぬし》さま。閨《ねや》へ行くでありんす」

小鹿が小沢の手を引いた。

「わかった。わかった」

下卑《げび》た笑いを浮かべながら、小沢が小鹿とともに座敷を出て行った。

「そなたは」

数馬は残った妓に名前を問うた。

「西田屋の妓、鷹《よう》と申しまする。よしなに」

科《しな》を作って妓が名乗った。

「瀬能数馬だ」

「あい。では、こちらに」

鷹が移動を促した。

「どこへ行く」

「右隣でありんす。そこに夜具が」

「ということは、そなたが」

「あい。あちきがお相手をさせていただくでありんす」

あでやかに鷹がほほえんだ。

「なしにできぬか」

「あちきがお気に召さぬならば、他の妓を」

鷹が寂しそうな顔をした。

「違う。そなたは美しい。ただな、拙者は婚姻《こんいん》の約を交わしたばかりでな」

あわてて数馬は理由を語った。

「それはおめでとうございまする。ですが……」

「まずいのか」

哀しそうな表情のままの鷹に、数馬は問うた。

「あちきが叱《しか》られるでありんす」

鷹が頭《こうべ》を垂れた。

「……それは」

遊女は売り買いされる商品であった。その商品を客が拒絶するとなれば、売り手である妓楼《ぎろう》の責となる。妓楼は客に替えの商品を差し出すか、金を返すかしなければならない。損害が発生するだけならまだいい。あの妓楼は客の満足する妓を用意できなかったという悪評が問題であった。悪評が立った見世から良客は逃げ出す。吉原の名妓楼といえども、客あってのもの。当然、悪評の原因となった妓を許すはずなどなかった。

「どうすればいい」

「朝までご一緒の部屋で過ごさせていただきたいでありんす」

鷹が願った。

「同じ部屋でか……いたしかたないな」

数馬は折れた。

ここで我を張って遊女を帰せば、少なくとも鷹だけでなく、事情を聞いた吉原の遊女たちから憎まれるのはまちがいない。だけでなく、今日の接待を企画した小沢の面目を潰《つぶ》すことにもなる。それくらいのことは数馬にもわかった。

「かたじけのう」

軽く腰を曲げて、鷹が謝意を表した。

「とはいえ……」

通された閨は、畳《たたみ》六畳ほどしかなかった。夜具に横たわるのは数馬だけで、鷹は部屋の隅で端座している。とはいえ、一つの部屋に美しい妓といるのだ。それも手を伸ばせば、決して拒まない女が。数馬も男である。どうしても鷹が気になって眠れなかった。なんとか耐えられたのは、脳裏に残っている琴の笑顔のおかげであった。品川での一夜より辛《つら》いときであった。

二

「いい気なものだ」

十文字屋を外から見あげて、猪野《いの》が鼻を鳴らした。

「今頃、吉原の妓相手に腰を振っているか。まさに好機」

板野《いたの》が猪野を見た。

「どれほどの達人でも、女を抱いているときは隙《すき》だらけだと申しますぞ」

高山《たかやま》も同意した。猪野に帰参の条件として、数馬を討たなければならないと聞かされてから、高山は血気に逸《はや》っていた。

「……そうだな」

猪野も二人の勢いに引きずられた。

「小沢どのとの約束も守った。瀬能との話はすんだはずだ。行くか」

理由を猪野は口にした。

「おう」

「はっ」

猪野の問いに板野と高山が首肯した。

「よし。一気に突っこむぞ」

手を振って、十文字屋へ躍りこもうとした。

「お武家さん、なにをなさるおつもりで」

「……いつのまに」

三人の周りを十文字屋の若い衆が囲んでいた。

「物騒なお話が聞こえやしたが……」

「ここでの無体《むたい》は御法度でござんすよ。お客さまに楽しくお遊びいただくのが、揚屋《あげや》の役目でござんしてね」

「お帰り願えやすか」

若い衆がやわらかい口調で述べた。

「ちっ。鉄輪《かなわ》つきの棒か」

素早く相手の得物《えもの》を確認した猪野が舌打ちした。鉄輪のついた棒は、刀と相性が悪かった。

神々への供物《くもつ》としても奉じられる日本刀の切れ味はすさまじい。だが、それは剃刀《かみそり》よりも薄く研がれていることでもたらされる。そう、日本刀は薄い。その薄い日本刀が、樫《かし》の棒、それも鉄輪のはまっているものとぶつかれば折れる。折れずとも欠けるか、曲がるかしてしまう。戦いの最中に得物を失う、あるいは損じるのは敗北に直結した。

「たかが忘八風情。蹴散《けち》らしましょうぞ」

板野が刀の柄《つか》に手を置いた。

「そのとおりでございまする」

高山も腰を落とした。

「やりやすか」

「…………」

十文字屋の男衆も棒を構えた。

「待て」

猪野が制した。

「なぜ……」

不満そうに板野が訊いた。

「ここで騒ぎを起こせば、瀬能にも聞こえるではないか」

「あっ」

「………」

猪野の言葉に、二人が気づいた。

「この場は退くぞ」

「無念」

「……はい」

指示に二人が不満げながら首肯した。

「よろしゅうござんした」

十文字屋の男衆が棒を下げた。

「そろそろ大門が閉まりまする。閉まれば、夜明けまで開かれやせん。そして、吉原の見世はどこも九つ（深夜零時ごろ）の鐘を合図に、お客さまの受け入れを止《や》めやす。お帰りになるにしても、お泊まりになるにしても、お早めにお決めになられたほうがよろしゅうござんすよ」

男衆が告げた。

「おまえの見世に泊まりたい」

「ご冗談を。世のなかに、盗人とわかっている客を泊める商家がありますかい」

猪野の希望を男衆が鼻であしらった。

「……どこか安い見世はないか」

小沢に飼われている身分である。吉原で遊ぶほどの金はない。猪野が問うた。

「この仲之町通り沿いにはございませんねえ。小銭で一夜を過ごしたいならば、吉原の壁沿いにある蹴転《けころ》でしょうねえ」

「蹴転……とはなんだ」

聞き慣れない名称に、猪野が戸惑った。

「最下級の遊女のことで。歳老いたか、病に冒されたか、あるいは変な男に引っかかったか、とにかく見世にいられなくなった女たちが、生きるための日銭稼ぎをするための見世が、吉原の塀際《へいぎわ》に並んでおりやしてね。近づいた客を後ろから蹴り飛ばしてでも、見世に取りこむことから、蹴転と呼ばれてやす」

男衆が説明した。

「病気……なにを。武士にそのような女を薦《すす》めるとは。無礼な」

板野が激した。

「じゃあ、野宿されるしかございやせんね。吉原では、百姓でも商人でも、お大尽《だいじん》さまになれやす。ただし、金さえあれば。そして、金がなければ、そいつは塵《ちり》以下なんでござんすよ」

「こいつ、言わせておけば……」

ついに板野が切れた。いきなり抜き撃った。

「よせっ」

あわてて猪野が止めようとした。が、間に合わなかった。

「あほうが」

男衆が下げていた棒を振った。

「うわっ」

太刀の腹を叩かれた板野の体勢が崩れた。

「おい。次はねえぞ」

棒を板野の頭に突きつけて、男衆が暗い声を出した。

「…………」

板野が固まった。

「さっさと去りやがれ。おめえたちがいると、見世に客が来ねえ。不景気な顔を並べるんじゃねえ」

伝法《でんぼう》な言い方で男衆が三人を威嚇《いかく》した。

「……わかった。おい」

猪野が合図した。

「あ、ああ」

「…………」

太刀を鞘《さや》に戻した板野と無言の高山が後に続いた。

まんじりもしなかったお陰で、数馬は十分小沢の申し出を検討できた。

「おはようございまする」

起きあがった数馬に、鷹が一礼した。

「どうぞ。溜飲《りゅういん》をさげておくんなまし」

鷹が湯飲みを差し出した。

「梅干しを入れた白湯《さゆ》でありんす。昨夜の酒を祓《はら》ってくれやんす」

「いただこう」

数馬は白湯を口に含んだ。梅干しの酸味が、数馬の眠気をわずかながらはらってくれた。

「おはようございやす。小沢さまが、朝餉をともにと」

襖の外から男衆の声がした。

「しばしお待ちをと伝えてくれ。身形《みなり》を整える」

「お手伝いを」

浴衣《ゆかた》から羽織袴《はおりはかま》へと着替える数馬を鷹が甲斐甲斐《かいがい》しく手伝った。

「かたじけなかった」

「いいえ。また来ておくんなまし」

鷹の見送りを受けて、数馬は小沢の待つ座敷へと入った。

「お心は決まりましたかの」

今日も居続けるつもりなのか、浴衣姿で小沢は数馬を待っていた。

「話は五分と五分でよろしゅうございますな。こちらが一つご質問に答えるたびに、貴殿もお話しくださると」

「けっこうでござる」

条件に念を押した数馬に、小沢が首を縦に振った。

「貴殿からどうぞ」

数馬は促した。接待の場を設けた者に優先権があると譲ったのである。

「では、遠慮なく。昨日もうかがったが、騒動は決着したのでござろうか」

小沢が質問した。

「騒動がなにをさすのかわかりかねまするが、現在加賀は主君のもと一枚岩となっておりまする」

「……なるほど」

騒動を認めなかった数馬に、小沢が目を細めた。

「今度はこちらから、貴殿に碓氷峠のことを教えた者はどなたでござる」

「名前は存じぬ。拙者と同じく、つい先日まで加賀藩に奉公していたものでござる」

小沢もごまかした。嘘《うそ》はつかぬが、すべてを話さなくてもいいのが、留守居役である。

「猪野でござるな」

覚えている敵の名前を数馬は口にした。

「名前はわからぬと最初にお断りいたしたはず」

数馬の追及を小沢が流した。

「次に移らせていただこう。藩主公が将軍推戴のお話を断られてからのことを訊かせていただこう。御上からなにかございましたかの」

小沢が二つ目の問いを発した。

「御上からなにかしらの仰《おお》せがあったかどうかは、老中である備中守《びっちゅうのかみ》さまがよくご存じでございましょう。なにもございませぬ」

数馬がいなした。

「ならば、酒井雅楽頭《うたのかみ》どのからと変えさせていただこう」

「それは三つ目の問いになりましょう。二つ目は御上からとのことで、ないと拙者はお答え申しました」

「ちっ」

小沢が舌打ちをした。

「二つ目を伺《うかが》いましょう。御上は、加賀になにかなされるのでござろうか」

「わからぬ。拙者の知る限りではない」

問われた小沢が首を左右に振った。

「さてあらためて問おう。酒井雅楽頭さまはなにも言われてないのか」

「拙者の知る限りではなにも」

今度は数馬が否定した。

「身にならぬな」

小沢が苦い顔をした。

「お互いさまでござるな」

「肚《はら》を割らぬか、瀬能氏《うじ》」

「……肚を割るとは」

わざと数馬は訊いた。

「隠しごとなしでいこうではないか」

「……無理でございましょう」

数馬が提案を打ち消した。

「なぜでござるか。ここにいるのは二人だけ。他人に知られることはございませぬ」

小沢が喰い下がった。

「では、拙者から問わせていただいてよろしいか」

「もちろんでござる」

条件を小沢が呑んだ。

「貴殿はなぜ、加賀を捨てられた」

「な、なにをっ」

訊かれた小沢が絶句した。

「横領した金を何に遣《つか》われた」

数馬はたたみかけた。

「この二つ、お答えいただければ、拙者もなんでもお話ししましょう。本多政長どのとの会話でもよろしゅうござるぞ」

「……本多どののお考えか」

出された実りに小沢が思案した。

「さあ、いかが」

「ううむうう」

小沢がうなった。

「……お断りしよう」

しばらくして小沢が結論を出した。

「肚を割って話そうと言われたのはそちらでござるぞ」

「問いに答えれば、拙者は罪を認めたことになりますな」

迫る数馬に、口の端をゆがめながら小沢が応えた。

「…………」

数馬は黙った。

「さすがに罪を認めてしまえば、加賀の引き渡し要求を堀田家も拒《こば》めぬ。罪人を匿《かくま》っているなど執政の欠点でしかござらぬ。堀田が拒否しても、周囲の執政たちが許しますまい。執政を辞めるか、拙者を引き渡すか、御用部屋で要求されれば……」

じろっと小沢が数馬をにらんだ。

「まったく油断のできぬ奴」

言葉遣いを小沢が変えた。

「お帰り願おう」

小沢が宣した。

「馳走《ちそう》でござった」

あっさりと、数馬は座敷を後にした。

「……わずか千石の、しかももと旗本の出を本多が娘婿《むすめむこ》に選んだと聞いたとき、どのような者かと思ったが、あれほどとはな」

独りになった小沢が息を吐いた。

「昨夜はまだ御《ぎょ》しやすかった。たった一夜で、あれほど変わるとは。失敗したな。妓を抱かすことで、油断させようとしたのが裏目に出たか。なにがあった」

小沢が手を叩いた。

「へい。お呼びで」

「昨夜客の相手をした妓を呼んでくれ」

「鷹さんでござんすね。ちとお待ちを。西田屋さんにもらいをかけやすので」

「頼む」

猶予《ゆうよ》を求めた男衆に、小沢が小粒金を投げた。

「こいつはどうも」

男衆が受け取った。

金の威力か、しばらく待つだけで鷹が顔を出した。

「お呼びでありんすかえ」

座敷の隅に腰を下ろした鷹が首をかしげた。

「昨夜の様子を話せ」

「なにもありやせんでした」

鷹が首を左右に振った。

「抱かれなかったのか」

「あい」

「そなた見世に戻っていなかったはずだ。閨はともにしたのだろう」

「同室にはおりんした」

問いつめられた鷹が告げた。

「おまえが振ったのではなかろうな」

小沢が表情を厳しくした。

売りものの買いものの遊女だったが、吉原では客を振ることが許された。これも御免色里という権威付けのためであったが、妓は好ましくない客の相手を拒めた。もちろん、手管《てくだ》として焦《じ》らすために閨を嫌がるといったものから、二度と来るなという拒絶まで各種あるとはいえ、吉原ならではの習慣で、振った場合の咎《とが》めは妓には科されなかった。

「とんでもありやせん。小沢さまのお客さまを振るなど」

鷹があわてた。

「そうだな。儂の客に恥を掻《か》かせては、ただですまさぬ」

小沢が厳しい声を出した。毎日のように宴席をもうける留守居役は吉原にとって、上客であった。妓の特権も、上客相手にはつうじなかった。

「話はしたか」

「あい。なんでも婚姻を約束されたばかりだとか」

隠さず鷹が伝えた。

「本多の姫か。たしかに身分が違いすぎる。遠慮して当然……とはいえ、妓を抱かぬ

「留守居役など役に立たぬ」

口のなかで小沢が呟《つぶや》いた。

「まあいい。他になにか口にしていなかったか」

「いいえ。ずっと夜具のなかにおられんしたが、まんじりともなさらなかったご様子でありんした」

「なにも言わずに」

「…………」

念を押した小沢に無言で鷹がうなずいた。

「もうよい。下がれ」

用はないと小沢が鷹を去らせた。

「今のうちに始末しておいたほうがよいか、それとも生かしておいて利用すべきか」

ふたたび小沢が思案に入った。

「儂が堀田家に拾ってもらったのは、外様最大の前田家の枷《かせ》となっているからだ。備中守さまが、ここから老中首座へと登っていかれるに、加賀の力は必ず要る。その力を無償で引き出すために、儂は雇われた。瀬能……もと旗本の家柄で本多政長の娘婿、あやつに目を付けておけば、いろいろと便利なのはたしかだ」

小沢がまた手を叩いた。

「へい」

さきほどの男衆がすぐに襖を開けた。

「昨夜、ここの周りで騒いでいた武家三人はどうした」

「大門が閉まる前に、外へ出ていかれたようで」

押し入ろうとした者をそのまま放置するはずはなかった。

「どこに泊まった」

「浅草寺《せんそうじ》の境内で夜明かしをなされたようで」

十文字屋はしっかりと猪野たちの後をつけていた。

「夜を徹してのおつとめとは、殊勝なことだ」

小沢が笑った。

寺社には参籠《さんろう》する信者のために、年中開放しているお堂がある。浅草寺にも籠《こ》もり堂《どう》はあった。

「ごくろうだった。小鹿はまだ湯屋から帰ってこないのか。吉原で男一人寂しく酒を飲むなど情けなさ過ぎるぞ」

遊女は寝起きに湯屋へ行き、昨夜の名残を洗うのが決めごとである。朝餉の前に別れた敵娼《あいかた》は、湯屋へと行ったままであった。

「見てきやしょう」

心付けをはずんでくれる客の機嫌は大事だ。男衆が腰も軽く立っていった。

「猪野たちに襲わせるのも一興か。瀬能が死んでも、生き残っても、加賀に波紋は拡がる」

残された小沢が淡々と言った。

三

吉原の朝は忙しい。一夜の夢を見た客が、後ろ髪を引かれる気持ちで大門を出ていく。居続けする客を除いて、朝五つ（午前八時ごろ）以降の滞在は許可されないからだ。朝から昼までが、一夜の間、まともに寝かせてもらえなかった妓たちの休息のときである。また夕刻から続く一夜の地獄のために、妓たちはわずかな隙を利用して、休み、身体を整えた。

「多いな」

一人で五十間道を進んでいる数馬は、あふれる男の数に目を剝いた。

「こんなに夜遊びする者がいる。武家の姿も多い。全員が留守居役というわけではなかろうに」

数馬はあきれた。

「それだけ泰平ということか」

ふと数馬の脳裏に、苦い表情を浮かべる本多政長の顔が浮かんだ。

「徳川の天下を支えた本多佐渡守《さどのかみ》家が潰されたのは、この泰平のため」

本多政長の祖父本多佐渡守正信《まさのぶ》は、家康の軍師として、関ヶ原の合戦、大坂の陣と策を巡らせた。大坂冬の陣での講和条件を破るなど、悪辣《あくらつ》な手段を遠慮なく駆使した本多佐渡守のおかげで家康は天下を取れた。

だが、裏を知り尽くした本多家は、徳川によって命脈を断たれた。泰平の世を維持する大義名分、天下人は潔白でなければならないという名目のために、家康は腹心の家系に手を出した。

今、本多佐渡守の直系で生き残っているのは、加賀の本多政長だけであった。

「幕府、いや、天下人というものは勝手なものだ」

数馬は独りごちた。

江戸に来て日の浅い数馬である。吉原から藩邸に戻るに、昨日林彦之進に教えてもらった道をたどるしかない。

数馬は日本堤から東本願寺へ続く道へと折れた。

居続けしない客に、吉原は朝餉を出さない。一晩妓相手に奮闘した男たちは、その空腹を浅草寺門前に出ている煮売り屋で満たす。ために、日本堤を突き当たりまで直進するのが普通で、途中で曲がる者は少ない。

一気に人気がなくなった。

吉原の周囲は浅草田圃《たんぼ》と称されるように、人家は少なく、田畑が続くおかげで、見通しはよかった。

「……うん」

幅二間（約三・六メートル）ほどの辻をふさぐように二人の武家が立っていた。

「あれは、猪野」

姿を見て、すぐに数馬は気づいた。

「……うしろにも」

すばやく周囲を見た数馬は、背後に一人の武士が早足で近づいてくるのを確認した。

「元気そうだな」

足を止めた数馬へ、猪野が声をかけた。

「まだ江戸にいたのか」

数馬は驚いていた。

加賀藩を逐電《ちくでん》した猪野たちは大罪人であった。主家を見限って家臣が逃亡する。忠義の根本を揺るがすだけに、見逃されることはなかった。さすがに将軍の城下町である江戸で多数を使った派手な上意討ちはしないが、国元では藩をあげての捜索となる。もちろん、江戸でも見かければ、そのままにされはしない。

「きさまを屠《ほふ》るまで、江戸から離れられぬわ」

憎々しげに猪野が表情をゆがめた。

「今更《いまさら》、拙者を害したところで、どうしようもあるまいに」

猪野たちの名前は藩主綱紀にも知られている。帰参の望みはまずなかった。

「我らの肚《はら》が癒《い》える。それだけで十分だが……」

意趣返しだと猪野が述べた。

「そなたを討てば、我らにも道が開かれる」

猪野が告げた。

「そうか」

数馬は説得をあきらめた。

意趣遺恨というのは、そう簡単に捨てられるものではない。恨《うら》みを残すなとか、復《ふく》讐《しゅう》はなにも生み出さないと言えるのは、勝者か、かかわりのない者だけで、敗者にその理《ことわり》はつうじなかった。

「あきらめのいいことだ」

猪野が笑った。

「誰があきらめると」

さっと数馬は太刀を抜いた。

「やるというのだな。板野、高山」

二人に合図して、猪野も刀を構えた。

「やあああ」

初撃は背後からであった。

上段の刀を振り下ろしながら、板野が迫ってきた。

「ふん」

半歩右に動くだけで、数馬は板野に空を斬らせた。

剣士の背中を狙うほどの愚策はなかった。背後に敵がいると知っている剣士なら、誰もが、後ろにもっとも注意を配る。それこそ、息遣《いきづか》いまで把握しているのだ。背後からの奇襲など、成り立たせない。

「くそっ」

一撃必殺とばかり渾身《こんしん》の力をこめた板野が、たたらを踏んだ。

「……………」

素早く数馬は後ろに下がった。こうして、挟み撃ちの状態から脱し、前方に敵をまとめた。

「ちっ。馬鹿が、合図より早く動きおって」

猪野が舌打ちをした。

「申しわけございませぬ」

叱られた板野がうなだれた。

「高山」

「お任せを」

言われた高山が、青眼の構えのまま間合いを詰めてきた。

「きさまのせいで、吾《われ》は浪人になってしまった」

高山が数馬を睨《にら》みつけた。

「己の不明を恥じよ。どちらが勝つか、見極められなかったのだ。報《むく》いを受けて当然だろう」

数馬は言い返した。

「きさまは、勝ったつもりか」

一層《いっそう》高山が激した。高山の切っ先が、不安定に揺れた。

「…………」

数馬の狙いどおりになった。相手を怒らせて、冷静さを奪う。真剣勝負は、頭に血が上ったほうが負ける。

「落ち着け、高山」

気づいた猪野が制した。

「なれど……」

「頭を冷やせ。そのままでは、勝てる勝負も負けるぞ」

猪野が忠告を重ねた。

「……うう」

高山がうなった。

「必勝を期さねばならぬというのが、わからぬか。若いとはいえ、もう少し頭を使え」

腹立たしげに猪野が述べた。

「ええい、仕方のない」

仇《かたき》を目の当たりにして、血気に逸る二人を抑えきれないと判断した猪野が、出てきた。

「高山、右からだ。板野、左からいけ。儂は正面から向かう」

「おう」

「承知」

指示に二人が応じた。

「二人は同時にな」

猪野が策を告げた。

「わかった」

「はい」

三間（約五・四メートル）ほどの間合いを、歩を合わせて二人が近づいてきた。

「…………」

数馬は二人ではなく、猪野から目を離さなかった。

板野と高山が顔を見合わせて首肯した。

「えいっ」

「やあぁ」

気合いをそろえて左右から斬りつけてきた。

「おうやあ」

応じた数馬は、左から来た高山へと突っこんだ。

「なんの」

高山が数馬の袈裟懸《けさが》けを受けた。

板野の位置からでは高山の身体が邪魔をして、攻撃しにくくなっていた。

「……ちぃい」

斬りかけた太刀を途中で止めた板野が、悔《くや》しそうな声を漏《も》らした。

多人数を相手にするときの基本であった。いかに剣の達人といえども、同時に複数の敵と戦うのは難しい。碓氷峠でのような敵味方入り乱れての戦いならば、別である。敵も互いに連絡できず、多人数の利点を生かせないからだ。

しかし、今回は違った。

数馬一人に三人である。多少の腕の差では埋めきれない。そのうえ、猪野はかなりの遣い手であった。

戦いを一対一へ持ちこんだ数馬の策は当然であった。

「こいつ」

高山が体重をかけてきた。

「くっ」

数馬は耐えた。

「そのまま押さえていろ」

数馬と斬り結んでいる高山に言って、猪野が太刀を振りあげた。

「……………」

数馬は焦《あせ》った。太刀はすでに高山によって封じられている。確実に間合いを詰めてくる猪野を数馬は正面に見られるよう足を送った。

数馬が猪野と顔を見合わせる状態になると、それに連れて高山は背を向けることになる。高山から猪野の姿を確認することはできなくなった。

「おまえごと斬るつもりだぞ」

鍔《つば》迫《ぜ》り合《あ》いになった高山に、数馬は話しかけた。

「なんだと」

一瞬、高山の気がそれた。

「くらえっ」

その隙を数馬は見逃さなかった。数馬は左足を上げて、高山の下腹を蹴り飛ばした。

「ぐえっ」

高山が吹き飛んだ。

「な、情けないぞ。高山、吾を疑うなど」

憤慨《ふんがい》しながら猪野が、上から太刀を落としてきた。

「ふん」

蹴った反動で左足を後ろに引いた数馬は、合わせて腰を低くして、そのまま太刀を突き出した。

「……喰らうか」

猪野が攻撃をあきらめて下がった。

「もらった」

背筋を伸ばしきった数馬を見た板野がかかってきた。

「ちいっ」

精一杯伸びた状態である。反撃するのは無理であった。数馬は咄嗟《とっさ》に右手だけで太刀を振った。

両手というくくりをなくせば、太刀の先は一尺（約三十センチメートル）遠くまで届く。代わりに、切っ先が軽くなった。

片手での一撃は、首など急所に当たらない限り致命傷になりえず、相手の太刀と撃ちあえば、容易《たやす》く弾かれる。

「甘いわ」

板野が振られた太刀を太刀で撥《は》ね返した。重さのない太刀など、力のこもった返しには勝てない。あっさりと数馬の太刀は明後日《あさって》のほうへ飛ばされ、無理な動きをした数馬は隙だらけの身体を板野の前に晒《さら》すはずだった。

「えっ」

「……………」

板野が呆《ほう》け、数馬も一瞬唖然とした。

数馬の太刀を弾きとばすはずだった板野の太刀が折れた。

「……ぬおうう」

死地から数馬は立ち直った。大きく気合いを入れて、体勢を立て直しにかかった。

必死の間合いから逃れるため数馬は退いた。

「……なぜ」

鍔もとから折れた太刀を板野が呆然《ぼうぜん》と見た。

「昨夜忘八に鉄輪入りの棒で叩かれた。あのときにひびが入ったか」

猪野が気づいた。

「ああ、太刀が」

板野が情けない声を出した。

太刀は高い。なまくらでも小判数枚はする。国を追われて浪人となった猪野たちに差し替えの太刀はない。もちろん、新たに買うだけの余裕などなかった。

「一度退くぞ」

板野が戦力でなくなり、高山も腹を蹴られた痛みでまともに動けない。不利をさとった猪野が決断した。

「情けないの」

立ち直った数馬は嘲《あざけ》った。今なら、猪野と戦っても勝てる。一対一の状況ができていた。

「黙れ。偶然に助けられたのはおまえだろうが」

猪野が言い返した。

「それも運だろう。そちらに味方せず、吾に天運があった」

しかし、猪野はのらなかった。

「次は違うぞ。おい」

二人を急《せ》かして、猪野が退却した。

「……追えぬな」

数の差は絶対である。生き残れたのは幸運でしかないと数馬は理解していた。なにより、無理をしなかった猪野に恐れを抱いていた。太刀を折られたとはいえ、板野はまだ脇差《わきざし》を持っている。普通に斬り合うのは難しくなるが、十分牽制《けんせい》できる。板野を予備とし、高山の回復を待ち、三人でかかれば、勝機は十分にある。そう考えず、猪野は次回を期した。十全を求める猪野の慎重さと、仇敵を目の前にして、我慢できる辛抱強さを数馬は凄《すご》いと感じていた。

「藩士という立場を守らなくて良くなった者は強いな」

数馬はほっと身体の力を抜いた。

四

屋敷に戻った数馬は、五木のもとへ顔を出した。

「小沢どのとの話は……」

会話の内容を数馬は五木へ伝えた。

「そうか。騒動の収束ぐあいを聞きたがっていたか」

報告に五木が腕を組んだ。

「小沢の言動は、保身から出ている」

「わかりまする」

数馬は首肯した。

小沢は己の価値を加賀に求めるしかない。老中堀田備中守家の留守居役というのは、小藩の家老以上の力を持つが、それはあくまでも役目の重みなのだ。小沢は堀田家から放たれれば、加賀藩から追われ上意討ちにあうか、逃げた先でのたれ死ぬしかないのだ。

「どの留守居組合でも、もう小沢を信用する者はおらぬ。藩の金を横領して逃げたのだ。老中の家臣となっても、いつ裏切るかわからぬ者を相手に秘事を語るほど、留守居役は愚かではない」

五木が厳しい声で言った。

「ということは、小沢は留守居役としては……」

「死んだも同然だな」

冷酷に五木が述べた。

「堀田備中守さまは、そこまでして加賀に手を出したいと」

わかっていたことながら、数馬は驚いた。

「それだけ加賀は大きいのだ。瀬能、十分に注意いたせ。そなたは、留守居役としての日が浅い、どころか役目に就いた経験さえない。もっとも攻めやすいのだ。一人の判断で、会食や密談に応じるな。かならず、誰か留守居役に話を通せ」

「わかりましてございまする」

交渉の難しさは、数馬も理解していた。

「あと女に気を付けろ」

「女でございますか」

意味がわからず、数馬は首をかしげた。

「昨日の吉原の妓を始めとして、料理茶屋の女中、芸妓、いや普通の女も入る。情をかわした女すべてに注意せい」

「…………」

「わからぬか。昨日、そなたは妓を抱かなかったと言ったな。それならば、大事ないが、いずれ避けられぬときがくる。小沢相手では拒めても、越前松平家の留守居役どのと吉原に行ったならば抱かねばならぬ。これは相手の顔を潰《つぶ》すことになるからだ」

五木が述べた。

「女を抱かぬことが顔を潰すと」

「そうだ。抱く気にもならないような妓を用意したとなって、宴席を設けた留守居役の恥となる」

「なんと馬鹿げた……」

数馬はあきれた。

「そういうものだ。留守居役の宴席は戦場だと思え。隙を見せれば、食いつかれる。どれだけ相手から優位に話を引き出すか。同格の留守居役同士だけぞ、五分と五分がつうじるのは。幕府の役人たちの口を開かせるのは、金と女だ。だが、それ以上を語らせるには、弱みを握るしかない」

「それ以上でございますか」

「うむ。たとえば、近々お手伝い普請《ぶしん》があるという話を役人から聞き出すには、金と女で十分だ。だが、どうやってそのお手伝い普請から逃れるか、その手段を知らずば、意味などなかろう」

「たしかに」

五木の言葉を数馬は肯定した。

「とはいえ、幕府の決定を変更する、場合によっては覆《くつがえ》すような話を、そうそう役人が教えてくれるはずなどない」

「なるほど。それで弱みを握ると。わかりましたが、そう簡単に弱みを握らせてくれましょうか」

率直に数馬は質問した。

「そこで女よ」

下卑た笑いを五木が浮かべた。

「男というのはな、情をかわした女に弱い。情をかわしただけで、その女を己のものと考えてしまう」

「己のもの……」

「そうだ。そして己のものと寝ていて、緊張はするまい。油断する。寝言を言うかも知れぬ。いや、睦言《むつごと》で漏らすかも知れぬ。なにより、気に入った女に強請《ねだ》られたら、口が軽くなる」

「はあ」

数馬はあいまいな返答をした。

すでに二十三歳になっている数馬だったが、まだ女を知らなかった。これも瀬能という家の特殊さが原因であった。

もと旗本という家柄は、金沢では浮くしかない。ために、数馬は同世代の藩士たちとのつきあいが乏しかった。また、道場に通わなかったのも影響していた。通常なら経験する悪友たちによる誘い、同門先輩による引きなどがまったくなく、遊女を買ったこともなかった。女を知らない数馬に、その効力を語っても通じにくい。

「そのための品川であり、吉原なのだ。こちらが用意した女を抱いてくれれば、勝ったも同然だ。あとは、女から閨での話を聞けばいい」

「では、わたくしの相手として出てきたあの吉原の妓も」

「小沢にそなたとの会話の一部始終を報告しているはずだ」

「…………」

「抱かなかったとは聞いたが、なにか話したのか」

黙った数馬に、五木が顔色を変えた。

「たいした話ではございませんが……」

数馬が鷹とのやりとりを告げた。

「まずいな」

五木が眉《まゆ》をひそめた。

「なにがでございましょう」

意味がわからない数馬が尋《たず》ねた。

「小沢に、おぬしの弱みを知られた」

「わたくしの弱み……でございますか」

数馬は首をかしげた。

「ああ。このままではまずい。御家老さまにご相談をせねばならぬ」

そそくさと五木が座を立った。

「……えっ」

弱みの内容を聞く間もなかった数馬は、唖然とするしかなかった。

もう一夜を吉原で過ごして、妾宅《しょうたく》へ戻ってきた小沢は、門前で待ちかまえていた猪野に、苦い顔をした。

「失敗されたようだの」

猪野の表情から、小沢がさとった。

「言葉もない」

すなおに猪野が認めた。

「で、失敗の報告にわざわざ」

「…………」

言われた猪野が黙った。

「疲れている。用がなければ……」

「金を融通願いたい。恥ずかしいことながら……」

事情を話して、太刀の代金を猪野が無心した。

「忘八とやりあった。おろかな」

聞いた小沢があきれた。

「妓を巡ってのもめ事をおさめる吉原の忘八は、刃物との戦いになれている。負けるのは当たり前だというに」

「知らなかったのだ」

猪野が言いわけをした。

「これだから江戸へ来たての田舎者《いなかもの》は……」

ふと小沢が言葉を切った。

「小沢氏《うじ》……」

黙った小沢に猪野が声をかけた。

「そうか。田舎者か」

一人小沢が納得した。

「小沢どの」

「ああ。まだおったか。太刀の代金だな。これだけあれば足りよう」

紙入れを小沢は丸ごと猪野へ渡した。

「用ができたゆえ、これで」

「かたじけない」

礼を言う猪野を無視して、小沢はさっさと妾宅へ入った。

「おい、まさ。そなたの知り合いに妾《めかけ》奉公できる女はおらぬか」

出迎えた妾に、小沢が問うた。

「何人かおりまするが……」

いきなりの質問にまさが戸惑った。

「そのなかで見目麗《みめうるわ》しく、男の扱いに慣れた女を連れてこい」

小沢が命じた。

第四章　留守居役の形

一

金沢城坂下御門を出た南側に宏大な敷地を誇る本多家の屋敷があった。うっそうとした森に背を守られた本多屋敷の奥で、本多政長、琴姫の親娘《おやこ》が茶の湯を楽しんでいた。

「うれしそうだな」

亭主役として、娘に茶を点《た》ててやりながら、本多政長が声を掛けた。

「はい。数馬さまよりお手紙が参りました」

にこやかに琴姫がうなずいた。

「さきほど、そなたを訪ねて武家が来たと聞いたのが、それだったか」

「数馬さまからのお手紙を預かって来て下さいました」

琴姫が告げた。

「誰だ。あとで礼をしておかねばなるまい」

江戸から金沢まで手紙を運んでくれた。その礼は出したほうの責務とはいえ、筆頭宿老《しゅくろう》である本多家ともなると、知らぬ顔もできなかった。

「さあ、斉藤《さいとう》さまでしたか、斎木《さいき》さまでしたか、お名前を伺《うかが》った気はいたしますが……あとで女中から報告させまする」

小首をかしげて、琴姫が茶を喫《きっ》した。

「……本当に、そなたは興味のないことに気を遣《つか》わぬな」

本多政長があきれた。

「なに不思議なことがございましょう。人の一生などあっという間に過ぎてしまう泡《ほう》沫《まっ》でしかありませぬ。どうでもよいことに頭を使う余裕などございますまい」

琴姫が述べた。

「たしかにそのとおりだがな。そうもいかぬのが世の常というものだ」

「そのややこしいことをなさるのは、殿方のお仕事。女子《おなご》は、ただひたすら、愛《いと》おしいお方のことだけを考えていればよろしいのでございまする」

「愛おしいか。瀬能が」

「それはもう……夢に見ぬ日はございませぬ」

恥ずかしそうに身をよじった琴姫が茶碗を置いた。

「ところで、父上さま」

「なんだ」

本多政長が何気なく応じた。

「いつまでわたくしを加賀《かが》にくくりつけておかれるおつもりでございましょう」

琴姫の目つきが鋭くなった。

「…………」

すっと本多政長の表情が変わった。

「数馬さまへの重石《おもし》でございましたら……」

琴姫が父の顔を睨《にら》んだ。

「わたくしを……いえ、愛おしい殿方のできた女を甘くご覧になられては、足下をすくわれますする。女は新しい命を産むもの。新しい命を愛おしい殿方とともに育むために女はあるのでございまする」

「父より男を取ると」

「はい」

確認する本多政長へ、琴姫がはっきりと首肯《しゅこう》した。

「だったらどうすると。無理に江戸へ出るか」

本多政長が厳しい声を出した。

「いいえ。ただ、敵になるだけでございまする。わたくしが」

「父上さまの敵……いいえ。本多の敵に」

「儂《わし》の敵になると言うか」

はっきりと琴姫が言った。

「……一門を敵にすると」

「さようでございまする」

確認する父へ、琴姫が首肯した。

「はああ、そこまで惚《ほ》れたか」

大きく本多政長は嘆息した。

「惚れた……果たしてどうなのでございましょうね」

琴姫が首をかしげた。

「なんじゃ、それは」

娘の答えに本多政長が目を剝《む》いた。

「わたくしに男女の機微《きび》がわかるはずなどございませぬ」

琴姫が続けた。

「殿方を愛おしく思うまもなく嫁に出され、いきなり身体《からだ》を開かれた。わたくしにとって男は悪夢でしかございませぬ」

「…………」

淡々と言う琴姫に本多政長が黙った。

「女は家と家をつなぐ道具」

「否定はせぬし、できぬな」

本多政長が口をゆがめた。

「しかし、数馬さまは違いましょう」

「ああ。瀬能の家と縁を結んだところで、本多に利はない。どころか、損得で言えば損だな」

娘の言いぶんを本多政長は認めた。

「出戻ったそなたをもう一度使わねばならぬほど、本多は困っておらぬ」

「それだけではございますまい」

琴姫が父親を見た。

「……まったく、なぜそなたは女なのかの。そなたが男なれば、兄を廃してでも跡を継がせるものを」

本多政長が嘆息した。

「こんな面倒な家などいりませぬ」

あっさりと琴姫が拒んだ。

「であろうな。儂とてさっさと代を譲って隠居したいわ。だが、息子はまだ甘い」

本多政長が苦笑した。

「まあいい。本多家の未来《さき》に対し、儂ができることをするだけだからな」

「その一つが、わたくしと数馬さまの婚姻《こんいん》」

「わかっていたか」

本多政長が感心した。

「でなければ、次の間にわたくしを控えさせたりはなさいますまい。今まで一度たりとても、そのようなまねをなさったことはございませんでした。となれば、わたくしに興味を持たせようとお考えになられたとしか考えられませぬ」

琴姫が述べた。

「ふむ」

その先を本多政長が促《うなが》した。

「聞き耳を立てていると、お話しなさっているのは、金沢を大騒動に巻きこんだ殿の将軍家推戴《すいたい》の問題。それにかかわった数馬さまの反応を父上さまは見ておられた」

じっと琴姫が睨んだ。

「意に添わねば、排除なさるおつもりでございましたでしょう」

「なぜそう思う」

本多政長が低い声で問うた。

「我が家の秘事をお話しになられました。直江状《なおえじょう》のことを」

「……惜しいな。嫁に出すのを止めて、家のことをさせるべきか」

感情のない声で、本多政長が言った。

「無駄《むだ》でございますよ」

琴姫が首を振った。

「わたくしの変化を父上はお気づきのはず」

「…………」

本多政長が沈黙した。

「先日までのわたくしは人形。数馬さまを得て人となった。失えば、またもとの人形に戻るだけ」

「ふん」

鼻を鳴らして、本多政長が己《おのれ》のために茶を点て始めた。

「瀬能がおもしろいか」

「はい」

愛おしいという表現を用いなかった父へ、娘はほほえんだ。

「わたくしをものではなく、女として見ておりました」

名家の娘は、縁を結ぶ術《すべ》であった。家と家を結ぶ婚姻をなし、その血筋を産む。そして、生まれた子供は、実家の血筋でもある。女はかすがいであった。当然、男女の愛憎など、そこにあってはならなかった。

政略で婚姻をなす男女は、どれほど嫌っていようとも、身体を重ね、子をなす義務があるのだ。もし、これに反すれば、離縁されても文句は言えない。どころか世が世ならば、戦《いくさ》になっても不思議ではなかった。

「女でございますよ、わたくしが。本多の娘を女として見る」

琴姫がほほえんだ。

「いい度胸だな」

本多政長も笑った。

「屋敷の客間で、吾が娘をいかがわしい目つきで見ていたとはな。ただではすまさん」

本多政長が怒った。

「父上さま……」

氷のような声で、琴姫が呼んだ。

「おふざけはお止《や》めなさいませ」

「……すまぬ」

叱《しか》られて本多政長が詫《わ》びた。

「道具ではなく、女として見られる喜び、父上さまにはおわかりになりますまい」

「わからぬな。儂は男だからな。ただし、道具ではあるぞ。加賀を脅《おびや》かすための道具として、金沢に送りこまれた本多の一門だ」

本多政長が真剣な表情をした。

「ではなぜ、殿の将軍就任を後押しなされませんでした。殿が将軍となれば、加賀は敵でなくなり、本多家は譜代大名に戻ることができましょうに」

琴姫が問うた。

「それほど徳川は甘くないわ。天下人の闇は表に出てはならぬ。本多は陪臣《ばいしん》だからこそ、手出しされていないだけだ。それをわかっていて、表に出てどうする」

「……やはり。本多を守るために、殿の将軍就任を邪魔された」

「わかっているなら、言うな」

本多政長が面倒そうに手を振った。

「もう一つ、わたくしを瀬能へ嫁がせるのも」

「ああ。そなたは本多の娘だ。うかつに人持《ひとも》ち組頭《くみがしら》へ嫁がせると、藩内の勢力が変わるからな」

本多政長が説明した。事実琴姫は、一度加賀を離れ、紀州《きしゅう》徳川家の重職の嫡男のもとへ嫁いでいた。

「もっとも、瀬能への褒美《ほうび》という意味のほうが大きいがな」

「わたくしで、数馬さまを釣られましたね」

琴姫が父を睨んだ。

「でなければ、瀬能が敵になったかも知れぬのだぞ。瀬能は家が旗本の出ということに対し、罪悪感を持っているのか、殿の将軍就任を拒むつもりであったようだ」

珠姫の用人として加賀に来た瀬能家は、旗本から加賀藩士に鞍替《くらが》えした変わり種であった。それだけ藩への忠誠を疑われていた。

「瀬能は若い。行動することが、身の潔白を証明する唯一の方法だと思いこんでいるようであった」

藩主の将軍就任に賛同すれば、やはり旗本の出は、幕府の思惑どおりに動くと言われる。それを避けるため、数馬は反対していたと本多政長は考えていた。

「もちろん、我が本多家も同じ。賛意を表するわけにもいかぬでな。選択肢が最初から一つしかないわけだ。反対するという選択しかない」

本多政長が眉《まゆ》をひそめた。

「そこで手を組んだと」

「まったく、嫌なものだ。娘に見透かされるというのはな」

すっかり冷えた茶を本多政長が喫した。

「手を組んだと瀬能は考えておらぬだろう。ただ、儂に脅《おど》かされ、娘を押しつけられたとしか思っておるまい」

「わたくしと数馬さまが婚姻を約したことで、数馬さまの動きは本多家も了承してのもの、いえ、父上さまの指示によるものと、世間は見る。それを利用された」

「そうだ。瀬能の働きは、すべて本多に繋《つな》がる。こうすることで、藩中や幕府の目をそらしている。我が本多家からな」

「そのために、数馬さまを留守居役《るすいやく》に推挙なされたのでございますね」

「殿と思惑は一致していたのでな。なにより留守居役ほど、外で目立つ役目はないからの」

本多政長がうなずいた。

「よくぞ、殿がご承知になられましたこと。数馬さまは、とても留守居役が務まるほど、世間をご存じではございません」

わずかな交流期間で、琴姫は数馬の本質を理解していた。

「殿はな、瀬能の成り立ちが使えるとご判断なされたのだ」

「成り立ち……もと旗本という」

琴姫が本多政長へ語りかけた。

「そうだ。瀬能の親族は皆、旗本ばかり。今までは金沢に在しておったゆえ、つきあいも絶えていたが、江戸へ出てきたとなれば別だ。瀬能をつうじて加賀のことを知りたい者、前田の隙《すき》を探りたい者などが、集まってくる。瀬能を見張っておけば、それらを探知できる」

「鳴子《なるこ》扱いでございますか。藩から鳴子に、そして本多家からは目をそらすための鹿《しし》脅《おどし》。数馬さまがおかわいそうでございまする」

「だからこそ、褒賞《ほうしょう》の前渡しをした」

哀れむ娘に、本多政長が言いわけをした。

「わたくしでございますか、褒美《ほうび》は」

あきれ果てた表情で、琴姫が父親を見つめた。

「褒美でございましょうか、わたくしが。本多の娘、身分の差、そのうえ、歳上で、一度縁づいている。そのような女が、苦労に見合うだけの褒賞だと言えましょうか」

琴姫がうつむいた。

「不満だなどと抜かしおったら、儂が許さぬ。瀬能の家ごと潰《つぶ》してくれるわ」

本多政長が宣した。

「で、琴。瀬能の手紙には、そなたへの不満でも書いてあったか」

「そのようなものは。ただ、江戸へ着いてからの出来事が記されていただけでございまする」

琴姫が否定した。

「佐奈の報《しら》せではどうだ。もう手を出したか」

「いいえ。誘ってはおるようでございますが、未だ」

「佐奈は、我が家に仕える女のなかだけでなく、金沢でもそうそう見かけぬほどの美形であろう。まさか、瀬能は役立たずではなかろうな」

本多政長が、懸念を口にした。

「なにを言われまするか。数馬さまへの侮辱《ぶじょく》は、わたくしが許しませぬ」

真っ赤になって琴姫が怒った。

「わかった。わかった」

手を振って本多政長が、娘を押さえた。

「……どうだ」

表情を真剣なものに戻して、本多政長が訊いた。

「今朝《けさ》ほど届いた佐奈の報せによりまするど、もと当家留守居役だった小沢某《なにがし》が、数馬さまと接触いたしたそうでございまする」

琴が佐奈の報告を告げた。

「小沢……老中堀田備中守《びっちゅうのかみ》のもとへ移った者よな。最初に声をかけてくる者として、順当であろう」

「はい。一夜吉原で歓待されたようでございまする」

「気にならぬのか。夫が遊郭へ足を踏み入れたのだぞ」

「なにもございませんでした」

父親のからかうような口調に、琴姫が淡々と告げた。

「佐奈か」

「翌朝、戻られた数馬さまのお着替えを佐奈が手伝ったそうでございますが、脂粉の香りも移っていなかったそうでございまする。風呂に入った様子もなかったとか」

「吉原の妓《おんな》を相手に、なにもせず……本当に男なんだろうな、あやつは」

さすがの本多政長が不安そうに言った。

「……睨むな。ところで、小沢の用件はなんだったのだ」

「先導役の五木某との会話を佐奈が忍び聞きましたところ、向こうは騒動の決着を知りたがり、代わりに老中の留守居役として小沢が知り得たことがらを教えるというものだったそうでございまする」

「妥当《だとう》なところだな」

本多政長が納得した。

「瀬能は引き受けたのだろうな」

「お断りになられたそうでございまする」

「愚かな」

苦く本多政長が表情をゆがめた。

「藩の内情など、隠したところでじきに漏《も》れる。かならず、誰かが外で語る。嫁を他藩から迎えた者、出入りの商人に断り切れない義理がある者、そして幕府に金で飼われた者。いずれ知られる話ならば、売れる間に売ってしまわねばならぬというのに」

「いきなりそれを期待するのは無理でございましょう。兄上さまでもできますまい」

「……………」

娘に言われて、本多政長が黙った。

「一度目としては、持ち出しが多くなかっただけでよしとすべきでございましょう」

「そうだな」

琴姫の言葉に、本多政長が首肯した。

「返事を書きますゆえ、父上さま、誰か一人江戸へやってくださいませな」

「わかった」

娘の求めに、本多政長は応じた。

二

酒井雅楽頭《うたのかみ》忠清のもとに、京からの使いが到着した。

「今上《きんじょう》さまのご内諾《ないだく》は得た。さすがは姉小路《あねがこうじ》どのじゃ。もっとも効果のある相手を紹介してくれたな」

使いの内容を耳にした酒井雅楽頭はほくそ笑んだ。

「ただちに上様へ」

翌朝、登城するなり酒井雅楽頭は、四代将軍徳川家綱のもとへ伺候《しこう》した。

「一同遠慮いたせ」

大老の権をもって、酒井雅楽頭が家綱と二人きりになった。

「上様、お顔の色がよろしくございませぬ」

酒井雅楽頭が、泣きそうになった。

「いたしかたあるまい。生きているだけでよしとせねばならぬ」

辛そうな息の下で、家綱が述べた。

「しかし……」

「よい。気を遣ってくれるのはうれしいが、もう手遅れじゃ。吾《わ》が命は、早々に潰《つい》える。それまでにせねばならぬことをすませておかねばの。申せ」

家綱がかすかにほほえんで促した。

「……上様」

一瞬、酒井雅楽頭が詰《つ》まった。

「御諚《ごじょう》に従いまする。昨日、京より使者が参りました。五代将軍として有栖川宮幸仁《ありすがわのみやゆきひと》親王さまを関東にお下しくださるとのご内意をいただけたとのよし」

「そうか。認められたか」

家綱が喜色を露《あら》わにした。

「これで、躬《み》の名前は、幕史に刻まれる。幕府を、いや、徳川を生き残らせた名君としてな」

「上様、お平らに」

興奮した家綱を、酒井雅楽頭が宥《なだ》めた。

「気持ちが沸《わ》かずにおられるか。やっと後継者の選定から逃れられるのだ」

家綱が天を仰《あお》いだ。

「雅楽頭よ、そなたは存じおるか、老中どもが何度も躬に申して参るのを」

「上様のお世継ぎに関しましてでございまするか」

「そうよ」

はっきりと家綱が首を縦に振った。

「稲葉《いなば》美濃守《みののかみ》、大久保《おおくぼ》加賀守《かがのかみ》、堀田備中守らが、勝手なことを言いおる」

「誰がどなたを推しておりましょう」

酒井雅楽頭が問うた。

「大久保加賀守と堀田備中守が館林《たてばやし》を、稲葉美濃守が尾張《おわり》を」

家綱が答えた。

「なんと甲府公がおられませぬな」

酒井雅楽頭が目を大きくした。

甲府公とは、家綱の弟綱重の遺児綱豊のことだ。家綱の弟で綱吉の兄であった甲府宰相《さいしょう》綱重は、家綱より早くこの世を去っていた。

「甲府は前《さき》の水戸が後押しをしておる」

「光圀《みつくに》公が……」

家綱の話に、酒井雅楽頭が嘆息した。

御三家水戸前藩主徳川光圀は、御三家を含む一門のなかでもっとも歳上であり、徳川の名を冠する者たちの長老として、重きをなしていた。

「御三家がお口出しをなさるべきではございませぬのに。光圀公は、少し考えが固すぎまする」

酒井雅楽頭が嘆息した。

「朱子学《しゅしがく》に凝《こ》り固まっているからな。今度の話、光圀に聞こえれば、黙っておるまいぞ。あの者にとって、朝廷は幕府よりも上であり、天皇の血筋は神としてあがめるもの。とても武家の頭領という血なまぐさい将軍などにさせてはならぬと考えておるかな」

家綱が嘆息した。

「かえってやりやすいのではございませぬか。天皇のご内意とあれば、光圀公は賛成されると思いまする」

「いいや。あの御仁は頑迷《がんめい》じゃ。家を継ぐべき兄が別家させられたのを、長幼の序に反するなどとして、吾が子ではなく、兄の子を世継ぎとするような輩《やから》ぞ。己はいいだろう。満足できただろうからな。だが、水戸藩士どもはどうだ。今まで跡継ぎだと思って藩主の子に仕えていたのが、いつのまにか別の人物に代わってしまった。しかも、他所《よそ》から来た跡継ぎには、実家から家臣たちが付いてきている。つまり、次代の権は、水戸藩士ではなく、兄の子の実家高松藩士が握るのだ。水戸藩士の気持ちはいくばくか。それさえ気づかぬ、いや、気づいていながら斟酌《しんしゃく》しないのだぞ」

家綱が首を左右に振った。

「いかがいたしましょうや」

「吾が意として強行するしかなかろう」

「よろしゅうございまするので。上様に非難が集まりまする」

酒井雅楽頭が懸念を表した。徳川の血が絶えているならまだしも、家綱にとって近い弟と甥《おい》があり、少し遠いとはいえ、御三家もある。それなのに、まったく縁のない有栖川宮に座を譲るとなれば、一族が反発するのはまちがいなかった。

「死に行く者に一門の反発がどれほどのものだと」

鼻先で家綱が笑った。

「ではございましょうが、一門の反発は、上様の悪評に繋《つな》がりまする」

「悪評か……」

家綱が口ごもった。

「天下静謐《せいひつ》、徳川安泰のためとはいえ、上様のなさろうとしておられることは、一門にとって、夢を奪うもの」

「たしかにの。将軍の一族は、いずれ血を本家に還《かえ》すしか、価値はない。在《あ》るための目的が、本家へ還ることであるとはわかる。とはいえ、将軍位が武家の手にある限り、それを巡っての争いは絶えぬ。室町《むろまち》の乱れようを見ればわかろう。とどのつまり、それが乱世を招いた。鎌倉が、蒙古《もうこ》の襲来まで争いなくこられたのは、将軍位を朝廷に預けたからだ」

酒井雅楽頭の言葉に、家綱が語った。

「わたくしの発案とさせていただけましょうや」

「……専横のそしりを受けるぞ」

「そのていどのことなど、蚊に刺されたていどでございまする。徳川と祖を同じくする酒井家の出でありながら、長く執政になれなかったわたくしを、大老にまでお引き上げいただいた。わたくしを無能と嘲《あざけ》っていた一門どもを見返すことができました。これら、上様よりいただいたご恩に比べれば、ないも同然」

酒井雅楽頭が胸を張った。

「わたくしが発案し、上様にご決定をいただいた。そうすれば、上様のお名前に傷はつきませぬ」

「なるほどの。すでにそうせい侯などと言われておるのだ。それ以上の悪口はないな」

　少し家綱が考えた。

　そうせい侯とは酒井雅楽頭に政《まつりごと》いっさいを任せ、なにを奏上してもそうせいと応えることからついた、家綱の悪評であった。

「そうせい侯が、じつは幕府千年の手を打っていた。それを知ったとき、一門どもがどのような顔をするか、見てみたいものよな。かなわぬ願いではあるが」

　家綱が楽しそうに述べた。

「では、お任せいただけましょうか」

「すまぬ。雅楽頭には苦労をかける」

　家綱が頭を下げた。

「もったいない。どうぞ、お任せをくださいませ」

　酒井雅楽頭が引き受けた。

「ただちに京へ連絡をいたし、急ぎ有栖川宮さまに東下を願いまする」

「頼んだぞ」

　そう言って、家綱が夜具の上へ身を横たえた。

「疲れたゆえ、少し眠る」

家綱が目を閉じた。

酒井雅楽頭の上屋敷は、江戸城大手門前《おおてもんまえ》にある。大手門前に屋敷を与えられるのは、当代最高の寵臣《ちょうしん》だけに許された特権であり、名誉であった。

「京へ人をやれ。有栖川宮さまを江戸へお迎えする。警固《けいご》の者は、京都所司代《しょしだい》から出させよ」

屋敷に戻った酒井雅楽頭が指示した。

「それと姉小路公量《きみかず》どのにな、金を渡せ。このたびは締めずともよい。大盤振る舞いをいたせ」

「よろしゅうございますので」

「公家を動かすには金がもっともよい。名門だとか、歴史あるとか口にするが、そのじつは徳川家から禄《ろく》をもらわねば生きていけぬのだ。それをはっきりと教えてやれ。ただし、釘を刺すのを忘れるな。次からは、そうそう金も撒《ま》けぬ。宮将軍は、幕府ある限り重ねていくのだからの」

確認する用人へ、酒井雅楽頭が言った。

「承知致しました。京の留守居役伊藤には、今回限りと念を入れさせましょう」

用人が首肯した。

「急がせろ、ただし、気づかれるな。他の老中たちや御三家、館林、甲府にはとくに注意をいたせ」

「はっ」

平伏して用人が下がった。

日暮れに紛《まぎ》れて、三人の藩士が酒井雅楽頭の上屋敷から出た。

「今夜のうちに、品川をこえるぞ」

「わかった」

「うむ」

三人は足に力を入れて、南へと進んだ。

「芝口門《しばくちもん》だ。あれをこえれば、十町（約一・一キロメートル）ほどで品川だ。急ぐぞ」

頭らしい藩士が、前方に立ちふさがる門を見て、言った。

芝口門は元和《げんな》二年（一六一六）に東海道《とうかいどう》への出入り口として作られた。幕府の触れが張り出される場所でもあるため、高札場とも呼ばれている。芝口門は江戸城の内郭《うちぐるわ》門《もん》ではないため、昼夜ともに通行できた。

「…………」

その三人の後を無言でつける影が続いた。

三人が芝口門を通行するところまで見送って影は踵《きびす》を返した。

「なにっ。雅楽頭の屋敷から夜旅をかける者が出ただと」

報告を受けたのは、堀田備中守であった。

「その者たちの身分はわかるか」

「あいにく、そこまでは」

影が首を左右に振った。

「そうか。酒井家の所領は厩橋《うまやばし》だ。国元へ帰るなら、東海道を使うはずはない」

堀田備中守が難しい顔をした。

「その者たちの風体《ふうてい》は覚えているな」

「しっかりと」

「よし、もう一人連れて、その者たちの後を追え。どこへ行くか、なにをするか、見届けよ。よいか、雅楽頭の弱みをなんとしてでも手に入れねばならぬ。吾が、天下の政を手にするためにな」

「はい」

うなずいた影が消えた。

「酒井雅楽頭は、なにを考えておるのか。加賀をあきらめたならば、残るは館林公か、甲府公しかあるまいに」

堀田備中守が呟《つぶや》いた。

「……小沢はおるか」

しばらく考えた堀田備中守が手を叩いた。

「呼んで参りまする」

廊下で控えていた近習《きんじゅ》が走っていった。

「……お呼びと伺いました」

しばらくして、小沢が御座の間に顔を出した。

「うむ。入れ。襖《ふすま》を閉めよ」

密談だと堀田備中守が示した。

「はっ」

小沢が、堀田備中守の側《そば》まで近づいた。

「加賀の様子はどうだ」

堀田備中守が問うた。

「いろいろと手は尽くしているのでございますが」

申しわけなさそうに、小沢は頭《こうべ》を垂れた。

「そなたの伝手《つて》はどうなった」

「わたくしの親しくしておりました者の多くは、国元へ戻らされるか、役目を取りあげられるかしておりまして……」

小沢の声が小さくなった。

「それで、どうしているのだ、そなたは」

冷たい目を堀田備中守が小沢に浴びせた。

「……いろいろと手は打っておりまする」

小沢があわてて告げた。

「藩を追われた者どもと連携《れんけい》し、加賀の内情を探っておりまする」

「追われた者が、藩に近づけるとでも」

「もちろん、直接はむりでございますが、その者たちの縁故《えんこ》をたどりまして……」

「迂遠《うえん》な。余《よ》は今すぐに知りたいのだ。他にはなにもしていないのか。無駄に酒と女に金を遣うだけの留守居ならば不要ぞ」

厳しく堀田備中守が断じた。

「吾が庇護《ひご》を失えば、そなたはたちまち加賀の手によって捕らえられ、その首落とされるのだぞ」

「重々承知いたしておりまする」

震えながら、小沢が手を突いた。

「わたくしも看過していたわけではございませぬ。加賀の新たに留守居役となりました者と繋《つな》ぎをつけましてございまする」

小沢が告げた。

「新しい留守居役だと。そうか、そなたの後釜か。その後釜を手蔓《てづる》にしたと」

「……はい」

実態はけんもほろろに拒絶されたが、小沢は偽《いつわ》った。

「で、その話はどうであった」

「騒動の後始末と藩内の動きを訊きましたところ……」

小沢が数馬との会話で想像できた範疇《はんちゅう》のことを語った。

「……騒動の火種はまだ残っているか」

「はい。前田孝貞を咎《とが》めきれなかったことが、響いているようでございまする」

「どうだ、前田孝貞と連絡は取れぬか」

堀田備中守が問うた。

「前田孝貞は人持ち組頭で国元におりまする。連絡はできましょうが、すぐにとは参りませぬ」

無理とは口にしなかったが、小沢は困難だと拒んだ。

「江戸で綱紀に不満を抱いている者は誰だ」

居《い》るという前提で堀田備中守が尋《たず》ねた。

「……前《さき》の江戸家老の」

「そんな消えた奴には用はない。現在要職に就いている者でなければならぬ」

小沢を遮《さえぎ》って、堀田備中守が条件を加えた。

「では、江戸家老筆頭の横山玄位《よこやまはるたか》が」

「横山玄位か。たしか、一族が旗本の寄合《よりあい》にいたな」

すぐに堀田備中守が気づいた。

「なによりも横山玄位は、まだ二十五歳かそこらと若うございまする」

「若い。それはよい。若い者には野心もある。影響を与えやすい。小沢、横山玄位と会いたい。手配をいたせ」

「殿が直接お会いになられるのでございますか」

小沢が驚いた。加賀藩の江戸家老で禄高も二万七千石と譜代大名並みあるとはいえ、横山玄位は陪臣に違いなかった。陪臣に老中が会う。有りえないとまでは言えないが、希有《けう》なことには違いなかった。

「余から言われれば、横山玄位も断りにくかろう」

堀田備中守が笑った。

「それは……」

小沢が絶句した。

「加賀を押さえるのは、後回しだ。今は、酒井雅楽頭がなにをするのかをまず知るべし。やつの手の内を知り、対応策を練らねばならぬ。次代の権まで握られてしまえば、余の浮かぶ術がなくなる。余は、堀田家を再興せねばならぬのだ」

決意を堀田備中守が露《あら》わにした。

「父が興した堀田家を兄が潰してくれた。その影響で、余は未《いま》だに四万石でしかない。それも老中となって加増を受けてだ。父が家光さまから与えられていた十一万石の半分もない。家光さまの寵臣《ちょうしん》として殉死した堀田家は、別格の扱いを受けて当然なのだ」

強く堀田備中守が顔をゆがめた。

堀田備中守の父加賀守正盛《かがのかみまさもり》は、家光の小姓を皮切りに出世を重ね、最後は大政参与《たいせいさんよ》という大老格にまであがった。石高も三千石から十二万石と、人も羨《うらや》む出世であった。これは、加賀守正盛と家光が男色関係にあったからであった。

女をなぜか忌避《きひ》した家光は、幾人もの小姓を男色の相手として寵愛《ちょうあい》した。加賀守正盛《まさもり》、松平伊豆守信綱《のぶつな》、阿部豊後守忠秋《ぶんごのかみただあき》、阿部対馬守重次《つしまのかみしげつぐ》ら家光の治世を支えた老中たちは、皆家光の相手を務めた。そのなかでもっとも寵愛深かったのが、加賀守正盛であった。

男色をもって出世した者は、主君に殉《じゅん》じる。これは決まりであった。とはいえ、殉死は死の床にある主君から許可を得なければならなかった。許しなく後を追った場合は、殉死として認められず、遺族が保護されないときもある。

「お供を」

当然、加賀守正盛、松平伊豆守らは殉死を願った。しかし、三代将軍家光は、なぜか加賀守正盛と阿部対馬守だけに許しを与え、松平伊豆守、阿部豊後守の二人には禁じた。

「家綱を頼む」

松平伊豆守、阿部豊後守は、家光の遺言にしたがい、殉死を思いとどまり、それぞれ老中として、家綱の治世を支えた。

「なぜ、腹を切らなかった松平伊豆守や、阿部豊後守の子たちは、そのままでいられるのだ」

「阿部対馬守さまのご子孫は、そのままご無事なはずで……」

怒りを見せ始めた堀田備中守へ、小沢がおずおずと言った。

「気づかぬか」

「なんでございましょう」

小沢は主君がなにを言いたいのかわからず、首をかしげた。

「分家だ」

「……えっ」

小沢が困惑を深めた。

「殉死した我が堀田家と阿部対馬守家だけが、分家させられている」

堀田加賀守正盛の死後、佐倉堀田家は長男正信《まさのぶ》が継いだ。が、そのとき幕府の命《めい》で、備中守正俊に一万石、弟正英《まさひで》に五千石が分けられた。

阿部対馬守家も殉死後、嫡男定高《ちゃくなんさだたか》に九万六千石、弟正春《まさはる》に一万六千石、甥《おい》の正令《まさよし》にも六千石と分割された。

「それでしたら、松平伊豆守さまのご系列もたしか分家を二つ作られたはずでございまする」

「あれは違う。比べてみろ。嫡男の輝綱《てるつな》が跡を継いだ後、弟たちに五千石あるいは千石を分知しているが、本高は七万五千石のままだ。あれは新田を開拓したものを、分けただけで、本家には傷さえ付いていない。いや、それどころか、隠し田を表に出した」

隠し田とは、届けの出されていない田畑のことである。百姓が年貢逃れのためにおこなうだけでなく、藩主が幕府に実高を隠すためにすることもある。実高が少なければ、幕府から求められる格式維持の出費や、軍役などを少なくできる。もちろん、違法である。幕府に知られれば、厳しく咎められた。

「……なるほど」

「伊豆守は、己の死を利用して、新墾田《しんこんでん》を表に出したのだ」

腹立たしそうに堀田備中守が吐《は》き捨てた。

「ですが、分家が増えるのはよろしいのではございませぬか」

一族は多いほうがいい。なにかあったとき、力になってくれるのは、やはり一門である。

「戦国の世ならばそうであろう。戦場で敵を倒し、功名を挙げて加増してもらうならば、信用できる一門は多いほどいい。だが、今は天下泰平である。戦はなくなり、手柄を立てる機会は減った。今は、役目について功績を顕《あらわ》すしかない。そんなときに、一族がなんの役に立つ。下手すれば足を引っ張るだけだ」

父加賀守正盛の跡を継いだ長兄正信が幕政批判をおこない、佐倉藩を潰した余波は、備中守正俊にも影響を与えていた。名門で大老格の子供でありながら、堀田備中守は長く奏者番《そうしやばん》という譜代大名の初役で足踏みをさせられた。

「兄がおとなしくしていてくれれば、余はもっと早く執政になり、今頃酒井雅楽頭と肩を並べていたはずだ。余には執政としての力がある」

堀田備中守が自負した。

「…………」

小沢は黙って聞いた。

「ああ、話がそれた。分家を作れば、本家の石高は減り、格が落ちる」

もとに話を堀田備中守が戻した。

「我が堀田を見ただけでもわかる。父は佐倉十一万石の藩主で、最後は溜間《たまりのま》格《かく》を与えられていた」

溜間は、譜代最高の席次といわれ、井伊《いい》や松平など徳川に長く仕え、老中などを歴任した者だけが許された。石高十万石以下はいなかった。

「だが、弟たちに禄《ろく》を分けたことで、堀田本家の石高は十万石を割り、父の跡を継いだ正信は、溜間から一気に雁《がん》の間《ま》まで落とされた。雁の間ぞ、殿中席次でいけば下から二つ目、お取り立て譜代の席だ」

お取り立て譜代とは、徳川家累代《るいだい》ではなく新しく将軍から取り立てられた者のことをいう。いわば新参者であった。

「大老格までいった者の息子が、新参扱い。これがどういうことかわかるであろう」

「では……阿部対馬守さまも」

「分家を作ったことで、十万石を割った。家格を一つ落とされた。とはいえ、阿部家は我が堀田ほど痛い目にはあっておらぬ」

小沢の確認に、堀田備中守が首肯した。

「なぜ、そのような」

当然の疑問を小沢は口にした。

「秩序を守るためだ」

「……秩序とは、なんのでございましょう」

「幕府のに決まっている。幕府は徳川家の譜代によって成り立っている。家康公がまだ三河《みかわ》の一領主だったころから、支えてきた譜代の家臣たち、その犠牲のうえに今の天下はある。そう、苦労してきた譜代のみが、天下泰平の悦楽を享受する資格を持つ」

堀田備中守が述べた。

「当家はそうではないと」

「堀田家は譜代ではない」

はっきりと堀田備中守が宣した。

「我が先祖は、織田信長公に仕えたのち、豊臣秀吉公、小早川秀秋《ひであき》公と主君を変えた。小早川家が滅んだ後、ようやく徳川家に拾われた。それも大坂夏の陣で手柄を立て、数百石という微禄を与えられただけ。その堀田家がここまできたのは、我が祖父の後添いが、春日局《かすがのつぼね》の娘だったからだ」

「それは……」

小沢が目を剝《む》いた。

三代将軍家光の乳母春日局の功績は、幕府の歴史のなかで図抜けていた。春日局が居《い》なければ、四代将軍家綱はいなかった。いや、三代将軍も家光ではなく、その弟忠《ただ》長《なが》になっていたはずであった。

なぜか次男である家光より三男の忠長を、二代将軍秀忠と正室お江与《えよ》の方は寵愛した。将軍が寵愛する息子が次代を継ぐ。世間にいくらでもある話であり、誰もが不思議に思わない。それを春日局がひっくり返した。

弟に比して軽く扱われることに心痛めた家光が自害をはかった。それを未然に防いだ春日局は、単身初代将軍家康のもとを訪れ、涙ながらに窮状《きゅうじょう》を訴えたのだ。そして、嘆願はとおり、家康によって三代将軍は家光と決まった。

いわば、今の幕府を作ったにひとしいのだ。老中だ大老だと大きな顔をしている執政たちも、もし、将軍が家光ではなく、忠長であったならば、現状とは違ってくる。

そう、誰も春日局に逆らうことはできなくなった。

「我が父堀田正盛は、その縁で春日局の養子になった」

「…………」

「春日局の養子とはいえ、息子なのだ。家光さまを始め、誰もが気を遣った。おかげで、父は比類なき出世を遂《と》げた。堀田家には、春日局、そして家光さまという後ろ盾《うしろだて》があったのだ。誰も邪魔などできまい。だが、それも春日局が死に、家光さまが亡くなられるまで。庇護者《ひごしゃ》を失った寵臣がどうなるか」

「よってたかって叩《たた》かれまする」

小沢が答えた。

「そうだ。本来なら叩かれるはずの父は殉死してしまった。殉死は命をかけての忠義だ。それを非難するわけにはいかぬ」

「叩く相手が消えた。そこで人でなく名跡、堀田家へと目標を変えた」

「ああ。たかだか五十年そこその家柄に、譜代最高の溜間は贅沢《ぜいたく》に過ぎる。だが、殉死した家柄をおとしめるのは、今後にかかわる。殉死するものがいなくなっては、主君の名前に傷が付く。誰もが納得する形で家格を落とすしかない。そこで、分家を作ることで、十万石を割らせた。本来ならば、殉死した家は重用されるものだ。分家を作らせるにしても、新規召し抱えとして別家させる。それを分家させて石高を削る。こうして堀田家は罪なくして、格落ちさせられた」

「ううむう」

主君の前というのを忘れて、小沢がうなった。

「まだあるぞ。親が大老格ならば、子は若年寄あたりから始めるのが常だ。しかし、兄正信はとうとう無役のままだった。余も奏者番にはなれたが、そこで足踏みを強いられた。弟正英は、小姓や書院番《しょいんばん》などを歴任したが、いずれも執政にはほど遠い。なにせ、大名でさえないのだからの」

堀田備中守が語った。

「言っておくが、余は処遇に不満を申し立てているのではない。本来、我が堀田家が受け継ぐべきであったものを返してもらうだけである。辛抱できなかった兄は幕政非難の上申をしたあと無断で帰国するという馬鹿をやり、罪を得てしまったゆえ、正統な跡継ぎは余になる」

「殿が、堀田家の功績を継がれると」

「うむ。わかったか。余には義がある」

「心に刻みましてございまする」

問われて小沢が応じた。

「ならば働け。余が大老となった暁《あかつき》には、相応に報いてやる」

「かたじけないお言葉。なれど、吾は殿に拾っていただいた身。褒賞《ほうしょう》など要《い》りませぬ」

小沢が述べた。

「殊勝なことを言う」

満足げに堀田備中守が頰《ほお》を緩めた。

「では、さっそくに手配をいたしまするゆえ、これにて」

「任せた」

退出を求める小沢に、堀田備中守がうなずいた。

三

数馬は、今日も新任挨拶《あいさつ》という名の苦行をしていた。

「ご来駕《らいが》たまわりありがとうございました」

「うむ。精進せいよ」

最後の先達という名の客を送り出して、数馬はほっと息を吐《つ》いた。

「ご苦労であった。これでおおむね、顔見せをしておかねばならぬ相手は終わりだ」

やはり昨夜も品川で馴染《なじ》みの遊女と一晩過ごした五木が、数馬の肩を叩いた。

「では、明日からは、品川に来ずともすみまするな」

数馬は喜びの声をあげた。まともに食事も睡眠もとれないのだ。いい加減耐えかねていた。

「いいや、そうではない」

あっさりと五木が希望を切って捨てた。

「今日からが、留守居役としての本番になる」

「本番でございまするか、これからはいったい何を」

できるだけ表情に嫌悪を出さないよう努力しながら、数馬は尋ねた。

「困難であるぞ。人と会い、話をし、その真意を探り、こちらの希望を呑ませる。これが留守居役の仕事である」

「……………」

言われて数馬は黙った。

「人と人は、互いの折り合いを付けてつきあっている。今の、儂と貴殿もそうだ。先任の仕事だと思えばこそ耐えている。でなくば、誰も新参者の引き回しなどという面倒は嫌じゃ」

「はあ」

数馬はなんともいえない顔をした。

「そなたも気にそまぬ役のため、空腹で眠れぬ一夜を過ごすなど御免《ごめん》であろう。だが、これも主命ではしかたない。だから、互いに嫌な顔を見せず、同道している」

「…………」

認めるわけにもいかず、数馬は沈黙した。

「藩と藩のつきあいも同じだ。つきあわぬわけにはいかぬゆえ、顔を合わせ、話をしている。留守居役はその話をするためにある。特産物の遣《や》り取《と》りから、借財の願い、姫さまのお輿入《こしい》れなど、いくらでも用件はある。当然、そこには利害もかかわる。なれどまちがえてはならぬのは、あの藩とこの藩では、どちらが得か。それを考えるのは、留守居役ではない。執政、あるいは勘定方《かんじょうかた》の仕事である。我らは藩から指示された結果へ、どうやって話を持っていくか。それだけを考えればいい」

「落としどころではなく、持っていく」

「うむ。落としどころとは、互いの納得するところだ。極論を言えば、互いの利が同等となる点。つごうのよいように見えるが、それでは留守居役など要らぬ。五分五分の話など、誰でもできるからな。我らは五分五分を六分四分、七分三分に変えるためにいる」

「有利にするため」

「そうだ。そして相手の留守居役も、それを求めてくる。その攻勢を防ぎ、こちらから喰《く》いこんでいく。これこそ留守居役の任」

「相手を押さえこめと」

「力ではないぞ。交渉でだ」

五木が念を押した。

「わかっておりまする」

力で留守居役が務まるなら、数馬はかなり上位に食いこむ自信があった。

「とはいえ、交渉ごとは戦いと同じ。剣術の試合にも似ている。少しでも己に優位となるように動くのだからの」

「優位でございますか」

「そうよ。たとえば、姫さまを嫁にもらっていただきたいとしよう。前田家と縁を結ぶ相手となれば、そうそう多くはない。外様でいけば、島津《しまづ》、毛利、山内《やまのうち》、池田、上杉、伊達《だて》、津軽《つがる》あたり。譜代だと十万石をこえる家柄か、御三家。あとは公家でも五《ご》摂家《せっけ》か、清華《せいが》一門。かなり数も少ない。それら相手にも嫁がせたい姫がある。となれば、正室の座の奪い合いとなる。まさか、他家の姫を貶《おとし》めるわけにもいかぬ。となれば、婿の家から、当家の姫をと望んでいただくようにしむけねばならぬ。それが、留守居役の仕事」

「相手に望ませる」

数馬は繰り返した。

「そうできれば最高だが、簡単ではない。よいところ、押しつける形だな」

五木が苦笑した。

「押しつけるには、こちらが優勢にならねばならぬ。そのために、相手を招き、酒を飲ませ、飯を食わせ、女を抱かせる。こうやって相手に散財をさせてしまったと引け目を感じさせるのだ。これが第一の段階である」

「なるほど」

品川へ招いての宴会の意味を数馬はようやく悟った。

「もちろん、引け目ていどでどうにかできるほど、相手も甘くはない。そこからが力の見せどころだ。相手をおだて、宥《なだ》め、すかす。前も申したが、場合によっては脅すこともあるし、泣き落としをかけるときもある」

「脅しに泣き落とし……」

数馬は額にしわを寄せた。今まで生きてきて他人を蹴落《けお》としたり、泣いてすがってものを頼んだ経験などない。

「使えるものなら、なんでも使う。儂ではないというか、加賀の話ではないが、幕府の役人に頼みごとをするため、己の妾《めかけ》を差し出した留守居役もいる」

「妾を……」

五木の話に数馬は息を呑《の》んだ。

「そこまでせよとは言わぬが……藩の存亡にかかわる場合などは……」

じっと五木が数馬を見た。

「妾などおりませぬゆえ……」

数馬はあわてて手を振った。

「作れ」

「えっ……」

言われた数馬は呆気《あっけ》にとられた。

「ああ、説明が不足していたな。長屋に妾を囲えというのではないぞ。町屋に妾宅《しょうたく》を構えろと言っているのだ。これは藩命である」

藩士は基本として藩邸に居を与えられる。家老職の長屋門を持つ広大な屋敷から、足軽用の三間ほどの裏長屋とかわりないていどの住居が藩邸に設けられていた。留守居役である数馬には、玄関を備えた八間ほどの屋敷が支給されていた。これらは広さにかかわりなく、長屋と呼ばれ、藩士はここに住むと決められていた。

ただ、定府《じょうふ》の家柄で、とくに認められた者には、江戸の市中に屋敷や住居を構える許しが出た。留守居役はその任の性格上、藩邸の門限を厳守できないため、市中に家を設けることができた。

「さすがに冠木門《かぶきもん》つきの屋敷とはいかぬが、ちょっとした町屋を一軒借りるくらいの金は藩が出してくれる。もちろん、妾の手当は自前だぞ。そこまで藩の金を遣ったから、小沢は放逐《ほうちく》されたのだ」

「…………」

あまりの話に、数馬はついていけなかった。

「妾宅になぜ藩が金を出すか。わかるまい」

「はい」

数馬は首肯した。

「密談の場所として使わせるためだ」

「……密談ならば、どこでもできましょう。品川の旅籠《はたご》でも、吉原でも」

足を踏み入れた両方とも、小部屋はあった。宴席の最中、あるいは夜が更《ふ》けてからそこで会えば、他人《ひと》に話を聞かれる心配はなかった。

「駄目だ。品川も吉原も知られている。わからぬか、宴席に参加していた他の留守居役たちにだ。同席した。それだけで、なにか話をしたのではないかと勘ぐられる。また、勘ぐらねばならぬ」

「それは……」

他人を疑うのが仕事だと言われて、数馬は鼻白んだ。

「甘いことを考えるなよ。留守居役は、同格組であろうが、近隣組であろうが、すべて敵なのだ」

五木が厳しく表情を引き締めた。

「どうやってお手伝い普請《ぶしん》を他家に押しつけるか、将軍家からの養子を断るか。それを競っているのが、他藩の留守居役だ。便宜上、仲間のような顔をしているが、肚《はら》のなかではどうやって蹴落とすかを考えている」

「それでは、教えられた話が嘘のときも……」

「ない。それだけはない」

数馬の懸念を五木が強く否定した。

「嘘だとわかれば、制裁を受ける。同格組や近隣組から放逐される。もちろん、どこの留守居役ももう相手にしない。そうなれば、終わりだ」

「では、話は信用していいと」

「信用はな。信頼はするな。嘘はついていなくとも、わざと大事なところを隠しているときもある。いや、多い。聞かされた話は鵜呑《うの》みにせず、しっかりとその周囲を確認する。それも留守居役のたいせつな役目である」

五木が指導した。

「……面倒なことでござる」

一度小沢とやり合った経験を思い出した数馬は嘆息した。相手の情報を引き出し、こちらの内情は隠す。言葉という刃《やいば》の遣り取りを数馬は好きではない。

「藩を守るためぞ。敵がどこにいて、どのていどの兵力で、どうやって攻めてくるか。戦でそれを知ると知らないでは、大きな違いだ。それはわかるな」

「はい」

実際に戦場に出た経験などないが、武士の素養として軍学は子供のときからたたきこまれている。数馬は五木のたとえ話を理解した。

「我ら留守居役は、戦場での斥候《せっこう》だ。いや、斥候だけではない。敵の状況に合わせて、打つ手を変え、矛先《ほこさき》をそらすための策を練る軍師でもある」

「斥候と軍師……」

数馬は息を呑んだ。ともに家の命運を左右する重要な役目であった。

「どうだ、留守居役とはやりがいのある任であろう。幕府の攻撃をかわし、他藩の張った罠《わな》を破る」

誇らしげに五木が言った。

「はい」

素直に数馬は同意した。

「そうとでも思わぬとやってられぬ」

五木の口調が変わった。

「えっ……」

数馬は怪訝《けげん》な顔をした。

「そなたも経験しただろう。新参挨拶を。武士が主君でもない者の前で、額を床につける。扇の要で指され、呼び捨てにされる。この屈辱に耐えるには、それ以上の誇りがなければなるまいが」

「たしかに」

数馬も理解した。

「留守居役とは、己の矜持《きょうじ》を売り買いする役目だと思え」

「矜持を売り買いする」

武士にとって、面目、名前は命よりも重い。主君のために命をかけるのが武家であるが、ただ一つ名誉のための死は認められていた。

「そうだ。遊女屋の男衆《おとこし》のように、幕府役人に妓《おんな》を斡旋《あっせん》することもある。芸人よろしく、機嫌を取るために下卑《げび》るときもある。そして貴重な藩の金を溝に捨てるように遣うため、同僚たちから白眼視されることも多い。こんな損な役目はない」

「……………」

数馬はなにも言えなかった。

「ただ一つ、加賀のためと思い耐えるしかない。それが留守居役である。できるな」

「……はい」

弱くはあるが、数馬は首を縦に振った。

「ゆえに妾宅を作れ」

「なぜ、そこにつながるのでございましょう」

数馬は問うた。

「先ほど申しただろう。密談の場所としてだと。妾宅は他の留守居役たちにも教えるが、そこに誰が来たかまではわからぬ。そう、二人きりの密談ができる。どころか、繋《つな》がりを隠すこともできる」

「なるほど」

ようやく数馬はわかった。

「しかし、敵から得る話は重要なところが欠けているのでございましょう。そんなもののために、わざわざ密談する意味がございますので」

疑問を数馬は口にした。

「わからぬのか。大事なところを隠すといったところで、その覆われた部分はいつも同じとは限らぬ」

「あっ。覆われたところの一部を開示させるため」

「そうだ。そのためには、こちらも懐《ふところ》を見せねばなるまい。妾と会わせる。これほど有益なものはない。なにせ、妾は、男の欲望の象徴だからの。男を知るに酒を飲み、好みの女を見るほど的確な方法はあるまい」

「隙を見せろと」

真意を数馬は見抜いた。

「…………」

無言で五木がにやりとした。

「お話の要点はわかりましたが、わたくしの場合……」

「本多家の許しが要るか」

口ごもった数馬の訳を、五木が述べた。

「たしかに娘の産んだ子供以外ができては困るだろう」

五木が言った。

武家にとって、家がすべてであった。家を相続することが、当主第一の役目であった。そのためには子供を作らなければならないが、条件があった。正室に子を作らなければならないのだ。武家の結婚は庶民のように好いた惚《ほ》れたでするものではなく、家と家との縁のためであった。当然、正室の産んだ子供に家を継がせなければならない。ただ、例外として正室に子供ができなかったときは、家の断絶を避けるため、側室や妾を設ける。とはいえ、正室より先に、妾や側室に子を産ませてはまずい。あくまでも武家の妾は、正室の補佐なのだ。庶民のように男の好みで設けるものではなかった。もちろん、後から生まれようとも正室の子供が、嫡男《ちやくなん》となる。とはいえ、騒動の火種になりかねなかった。

「本多さまも留守居役のことはよくご存じだ。苦情を言い立てられることはないだろうが、一応お伺いを立てたほうがよいかもしれんな」

「そういたしまする」

数馬は応じた。

「手紙を書くときには、拙者《せっしゃ》の名前ではなく、先達の留守居役から助言があったとしてくれよ」

五木が逃げた。

「……承知致しました」

少しあきれた数馬だったが、了承した。

「急げよ。御家老ともお話はしたが、おぬしは小沢に弱みを握られた。妓《おんな》を抱くにも嫁の許しが要るとな。だが、男に女は必須じゃ。小沢はそこを突いてくるだろう。おぬしを虜《とりこ》にするために本多の姫に知られぬ家と妾を用意してくる」

「小沢どのの用意する女などになびきませせぬ」

「当たり前だ。罠とわかって嵌《は》まるようでは話にならぬ。向こうもそれをわかって策を弄《ろう》してくるはずだ。どういう形でか、おぬしと女を出会わせようとするはず。そうなる前に、信頼できる女を見つけ、妾にしておけ。国元から呼んでもよい。わかったか。もう一度言う。これは藩命だ」

厳しく五木が命じた。

四

京の公家近衛《このえ》左《さ》大臣《だいじん》基熙《もとひろ》は、霊元天皇の言動を注視していた。

「ついに帝《みかど》も落ちたか」

近衛基熙が苦い顔をした。

後水尾《ごみずのお》上皇の孫でもある近衛基熙から見れば、霊元天皇は叔父《おじ》に当たる。が、娘を家綱の甥《おい》綱豊のもとへ嫁がせたことで幕府に近いと、武家嫌いの霊元天皇に忌避《きひ》されていた。

後水尾上皇にかわいがられた近衛基熙は、若くして常置されている大臣のなかでは最高位の左大臣になった。関白まであと一歩と迫った。だが、関白就任の寸前、上皇が崩御してしまった。その直後、霊元天皇は、右大臣の一条兼輝《かねてる》に関白兼任を命じた。近衛基熙は順位を抜かされただけでなく、現天皇から疎《うと》まれているとの烙印《らくいん》を押され、朝廷での発言力も失ってしまっていた。

「いや、帝の真意は逆でございましょう」

水戸家の京屋敷留守居役の藤田《ふじた》大炊介《おおいのすけ》が否定した。

「帝の武家嫌いは、京の童《わらわ》でさえ知っていることぞ。とても有栖川宮を出すなどありえぬ」

近衛基熙が言い返した。

「お言葉を否定いたすようでございますが、少し見方を変えていただきたく存じあげまする」

藤田が首を左右に振った。

「見方を変えよとはどういうことじゃ」

「宮さまを幕府の人質に差し出すのではなく、宮さまが幕府を掌握《しょうあく》されるとお考えになられれば……そう、松木もと権大納《ごんだいな》言《ごん》が奏上《そうじょう》したとか」

首をかしげた近衛基熙に、藤田が答えた。

「ううむ。それで帝はお許しを出されたのか」

近衛基熙がうなった。

「まずいの」

「はい」

懸念を顔に出した近衛基熙に、藤田が首肯した。

「幕府まで帝の思うがままになれば……麿《まろ》はどうなる」

霊元天皇に嫌われている近衛基熙が、左大臣であり続けられるのは、娘婿《むすめむこ》徳川綱豊をつうじて幕府を後ろ盾《うしろだて》にしているからであった。もし、幕府まで霊元天皇の下に入れば、近衛基熙の命運は尽きる。さすがに命を奪われたり、近衛家を潰したりはできまいが、左大臣の職を奪われたうえで、隠居させられる。さらに跡継ぎには実子でなく、霊元天皇お気に入りの五摂家から養子を押しつけられかねなかった。

「風流に生きられるしかございませぬ」

藤田も難しい顔をした。

「そなたの主《あるじ》も難しい立場になろう」

「…………」

口をゆがめて藤田が沈黙した。

「前《さき》の水府《すいふ》どのは、朝廷への崇敬の念が高い。とはいえ、これも徳川家があってのこと。前の水府どのにはとくに、徳川の系統への思い入れも強い。相続は長幼の序にそわねばならない。となれば、徳川の宗家を継ぐのは、綱豊どのだけだ。帝の手法は、徳川の宗家を潰すこと。将軍となるのは、徳川家の嫡流《ちゃくりゅう》、その長幼の最高位にいる者という、神君家康公の決定が無に帰す」

「仰《おお》せのとおりでございまする。主君光圀は……」

藤田は、現藩主綱條ではなく、前藩主光圀の命《めい》を受けていることを認めた。

「……光圀は徳川家が幕府を開き、大政を帝に代わっておこない、崇敬を捧げるという形を理想としておりまする」

「尊皇幕府か」

「さようでございまする。宮将軍は、鎌倉の故事を見てもわかるように、執権《しっけん》という専横者を生み出しまする。専横者はやがて主の血筋まで邪魔にいたしまする」

「鎌倉三代将軍実朝《さねとも》だの」

近衛基熙が述べた。

源頼朝が鎌倉に置いた幕府は、わずか三代でその血筋を失った。頼朝の妻政子《まさこ》の実家北条家に操られた二代将軍源頼家の息子公暁《くぎょう》が、鎌倉八幡宮《はちまんぐう》へ参拝した実朝を襲い、殺してしまったのだ。その混乱を北条は利用して、京から宮将軍を招き、幕府の実権を握った。

「それを主は危惧《きぐ》しておりまする」

「雅楽頭だな」

「……………」

無言で藤田が肯定《こうてい》した。

「酒井家を第二の北条とするわけにはいかぬか」

近衛基熙が言った。

「天下の大政はあくまでも、徳川が負託を受けたものでございますれば」

藤田も話した。

「となれば、宮将軍をどうにかせねばならぬな。前の水府どののためにも、麿のためにもな」

「いかがいたしましょう」

「宮将軍が認められる前に、家綱どのを……」

「……それは」

近衛基熙の案に、藤田が絶句した。

「毒を盛るなどとは言わぬぞ。もちろん、刺客を送りこむような下賤《げせん》なまねもせぬ。美しくないからの」

「ではどうやって」

言う近衛基熙に、藤田が訊いた。

「家綱どののご気色はすぐれぬのだろう」

近衛基熙が小さく笑った。気色とは体調だけでなく、気分のことも含める。

「主君が気色優れぬとき、それをお慰めするのも家臣の務めであろう」

近衛基熙が続けた。

「麿は今上さまにお仕えする身。そなたの主《あるじ》である水戸徳川家は一門とはいえ、将軍家の臣。いわば、麿と水府どのは同じ立場であろう。臣の守るべきは、主の身体だけではなかろう。お心もお支えしてこそ真《まこと》の臣じゃ。そうであろう」

「はあ」

「鈍い。これだから武家は困る。公家ならば、すぐに吾が意を悟るというに。武家は力でかたをつけようとするからかの。ふうう。まだわからぬか。病は気からと申す。気鬱《きうつ》は、心を疲れさせる。心が疲れれば、なにもする気がなくなる。なにもする気にならなければ、薬も効くまい。よいか、薬が効かねば……」

それ以上は察しろと近衛基熙が語尾を濁した。

「畏《おそ》れ入りまするが、そのようなときはどうすれば、ご教示願いまする」

暗示する近衛基熙に藤田は手段を問うた。

「まったく、これゆえに雅《みやび》を解さぬ連中は……」

文句を言って近衛基熙が続けた。

「宴席を設けるか、猿楽を催すか、そうよなあ、武家ならば鷹狩《たかが》りなどもよろしかろう。心浮き立つ行事をお勧めせよ」

近衛基熙が告げた。

「……身心を疲れさせろと」

藤田が気づいた。行事を御座の間でおこなうことはできなかった。家綱に御座の間からの移動を強《し》いることになる。

「そのようなことを言ってはおらぬ。家綱どのの気分を変えてやれと助言しただけだ。他人聞《ひとぎ》きの悪いことを申すな」

笑いながら近衛基熙が否定した。

「かたじけのうございました。すぐに主へお報せいたしまする」

藤田が平伏した。


東海道を早馬は五日ほどで下る。

藤田からの連絡は、水戸徳川光圀のもとに届けられた。

「上様のお命をお縮めするなど、御三家にはできぬ。この話、堀田備中守へくれてやれ。館林公を支える手だてとして使えるとな」

光圀が手を振った。

「よろしゅうございますので」

水戸家の留守居役が確認した。

「ああ。うまくいけば、宮将軍を防げよう。なにより、館林に傷を付けられる。五代選定の場で堀田備中守を追いつめられるであろう。さすれば、なにもしていなくとも、館林公には失点となる。綱豊公の五代ご就任は決まったも同然であろう」

光圀が淡々と言った。

「…………」

留守居役はなにも言えなかった。

「そもそも家というのは、長幼の序で継いでいくのが決まりなのだ。神君家康公のお示しになられた三代将軍選定の慣例にしたがってな。それを執政どもが、己の思惑で変えようとするなど論外である。朱子学に依《よ》り、先達は敬われなければならぬ。そうすることで、無駄《むだ》な争いはなくなり、天下は泰平を謳歌《おうか》できる」

「急げよ」

光圀が老いた顔に暗い笑みを浮かべた。

「はい」

留守居役が光圀の前から下がった。

御三家の留守居役は、格別の扱いを受ける。同格といえば、御三家と館林、甲府しかないのだ。近隣組もそうだ。御三家と国境《くにざかい》を接しているどの大名も遠慮せざるを得ない。江戸城中においても、他の留守居役とは違い、三家だけの控え室を持っていた。

といっても、三家だけで固まっていては、留守居役の役目は果たせない。御三家には御三家のつごうがある。その大きなものが、世継ぎでない男子の養子先と、姫の嫁入り先探しであった。

姫はまだいい。御三家と縁続きになりたい大名は多い。多少の釣り合いを辛抱すれば、どうにでもなった。だが、若君となるとそうはいかなかった。御三家の子供を養子にできるとなれば、外様なら従四位《じゅしい》以上、譜代ならば十万石格は要る。当たり前だが、そんな家で、跡継ぎが居ないところなど、そうそうない。あれば、御三家を始め、譜代名門、外様の大大名と多くが狙ってくる。それこそ、娘一人に婿十数人といった状態になる。奪い合いに近い縁組みを成立させられるかどうかは、留守居役の腕一つ。となれば、与えられた御三家の控え室に籠《こ》もっていては役に立たない。御三家の留守居役たちもお城付きの控え室から、留守居役たちのいる蘇鉄の間《そてつのま》へと顔を出すのが日常となっていた。

「おはようござる」

一度城付きの間に顔を出してからでないと、蘇鉄の間に行くわけにはいかなかった。そのようなまねをすれば、なにかあると公言しているも同然であった。

「これは水府さまの」

小沢が反応した。

「おう、備中守さまの……小沢どのでござったかの」

「さようでござる。よしなにお願いをいたしまする」

かつて加賀藩で留守居役をしたとはいえ、今は堀田備中守の家中である。蘇鉄の間では新参扱いとまではいかないが、慎《つつ》ましやかにしなければならなかった。

「いや、こちらこそよしなにの」

水戸の留守居役が挨拶を返した。

「ところで、少しよろしいか」

「なんなりと」

二人は、他の留守居役たちから少し離れたところに座を移した。

「上様のご容体についてご存じで」

「詳《くわ》しくは存じませぬが……あまり芳《かんば》しくないと主より伺っておりまする」

家綱の病状は江戸城内では誰もが知っていることである。隠すまでもないと、訊かれた小沢が述べた。

「お気鬱だと伺ったが」

御三家は徳川の一門でありながら、あまり将軍と会わなかった。将軍に目通りしている頻度《ひんど》でいけば、老中のほうがはるかに多かった。

「そのように」

小沢が首肯した。

「このようなことを申しあげてはいかぬのかも知れぬがの。なぜ、ご執政がたは上様のお憂《う》さを晴らして差しあげないのであろう」

「えっ」

言われた小沢が驚いた。

「病は気からと言いましょう。猿楽や滑稽《こっけい》ごと、能に謡《うたい》と上様のご気鬱をお晴らし申しあげる手だてはいくつもございましょう。少しでも上様が楽しまれれば、お身体にもかならずよい兆候が現れましょうに」

水戸の留守居役が語った。

「それは……」

「御三家から上申《じょうしん》させていただいてもよろしゅうございまするが、それでは……」

じっと水戸の留守居役が小沢を見た。

「我が主の怠慢……」

水戸の留守居役が言わなかったことを小沢が口にした。

「…………」

「ご忠告かたじけなし」

黙った水戸の留守居役に一礼して、小沢は蘇鉄の間を出ていった。

「やはり焦《あせ》っていたか。加賀から追われただけに、手柄が欲しくてたまらぬのだろう。これでよし」

残された水戸の留守居役がほくそ笑んだ。

第五章　枕元の攻防

一

小沢の報告を聞いた堀田備中守《びっちゅうのかみ》が腕を組んだ。

「水戸の留守居役《るすいやく》が話を持ってきたと申したの」

「はい」

確認された小沢が首肯《しゅこう》した。

「みょうだの……。水戸と余《よ》は五代将軍として担《かつ》ぎ上げている相手が違う。別のお方を将軍候補として推している。これだけで敵対していると言える。その水戸家が余に、上様のご機嫌取りをさせるなど……」

堀田備中守が思案した。

「……なるほどの。そういうわけか。余を使って、館林《たてばやし》綱吉公を貶《おとし》めるつもりだな」

「えっ……」

一人納得した堀田備中守に、小沢が間抜けな声を漏《も》らした。

「そなたは知らずともよい」

「……はあ」

拾ってもらった身である。主君への異論は言えなかった。小沢が引いた。

「なめられたものだ。水戸から見れば、余など操《あやつ》れるていどの小者なのだろうが……そのくらいの策にかかるようでは、執政などつとまるものか。やはり一門として甘やかされた大名など、歳を重ねようとも甘いな」

堀田備中守が嘲《ちょう》笑《しょう》した。

「しかし、使える。少しばかり手直しをさせてもらえばな。小沢」

「なんでございましょう」

小沢が両手を突いた。

「そなた、加賀の新しい留守居役を手中にしたと申したの」

「は、はい」

偽《いつわ》りであったが、小沢はうなずくしかなかった。

「加賀に伝えさせよ。断ったとはいえ、上様よりのご後継指名という光栄をいただいたのだ。お礼をいたさねばなるまいと。ついては、昨今ご気分優れられぬ上様のお気散じを考えるようにとな」

「殿のお名前をお出ししても」

「馬鹿か」

訊《き》いた小沢に、堀田備中守があきれた。

「前《さき》の水戸公からと言え。嘘ではない。余をつうじて話は動いても、もとは光圀だ。急げよ」

「わかりましてございまする」

「ああ、待て。先日の横山玄位《はるたか》との件、あらためて指示あるまで動くな。どうやら、加賀のひびを大きくしている余裕はなくなりそうだ」

「仰《おお》せのとおりに」

受けて小沢が出ていった。

「もう一人、この話を押しつけておかねばならぬな。どのような手を打とうとしているのか、朝廷を巻きこんでいるようだが、その前に決着をつけるぞ、雅楽頭《うたのかみ》」

堀田備中守が口の端をつりあげた。

小沢は焦《あせ》っていた。なんとしてでも、数馬と会わなければならなかった。とはいえ、さすがに藩邸を訪れるだけの勇気はでない。なんとか老中の威光で見逃されているとはいえ、加賀藩の罪人には違いないのだ。

「呼び出すしかない」

小沢は、小者に手紙を持たせ、数馬を妾宅《しょうたく》に招いた。

「妾宅……人に知られたくない話をするところ」

手紙を見た数馬は、即座に五木のもとへ報告した。

「小沢から、妾宅への誘いだと。しばし、待て」

報された五木が、あわてて江戸家老村井のもとへ走った。

「どう見る」

説明を受けた村井が、五木に問うた。

「罠《わな》でございましょう」

「儂もそう思う。だが、どのような罠かわからぬ。聞けば、瀬能は先日小沢と吉原で会ったあと、猪野たちに襲われたという。小沢と猪野たちがつながっているのはまちがいないだろう」

「瀬能を殺すために誘い出した」

村井の言葉に、五木が応じた。

「どうであろうか。先日の今日だぞ。警戒している。それでいて刺客が成功すると考えるほど、留守居役の小沢の頭はめでたくあるまい」

「さようでございますな」

五木も同意した。

「ここでいくら考えていてもわかるまいが」

そこへ綱紀《つなのり》が入ってきた。

「殿」

「これは……」

村井と五木が急いで頭を下げた。

「聞く気はなかったがな、廊下を通るとき、瀬能の名前が耳に入った。瀬能は本多政長よりの預かりものじゃ。死なせても叱《しか》られまいが、無駄死にさせたとなればの。なにを言われるかわからぬ」

綱紀が不意の登場のわけを語った。

「相手の打つ手をここで、いくら考えてもわかるはずなどない。罠ならば、はまってみせるしかないだろう、ただし、十分な手配をいたせ」

「十分な手配でございますか」

「そうだ。万一、猪野なんとやらが手勢を集めていても大丈夫なように準備をしておけ」

問うた村井に、綱紀が告げた。

「陰供《かげとも》をつけよと」

「そうだ」

綱紀が首肯した。

「わかりましてございまする」

村井が承諾した。

「瀬能には、念を押しておけ。決してなんの言質《げんち》も与えるなとな」

「はっ」

「堀田備中守が大老にならぬようにするのが第一であるが、なったときの対応も考えておかねばならぬぞ」

「重々」

注意に村井がうなずいた。

小沢の妾宅は寛永寺《かんえいじ》山門近くにあった。門前通りから一つ入った辻《つじ》の突き当たり、もとはとある外様大名の家老が別宅として建てたが藩の取《と》り潰《つぶ》しで手放した。それを小沢が手に入れて使っていた。

「御免《ごめん》を」

「はい」

門を開け、訪《おとな》いを入れた数馬に、なかから若い女が応対した。

「小沢どのお招きに応じて参った。瀬能と申す」

「主《あるじ》よりうかがっておりまする。どうぞ」

小沢の妾《めかけ》まさが、奥へと案内した。

妾は奉公人として扱われた。遊郭などで客のことを主《ぬし》と呼ぶのも、ここから来ている。

「よくぞお見えでござる」

「お招きかたじけなく」

妾宅に客間はまずない。客は主の居室へ通されるのが普通であった。

「ここは、拙者《せっしゃ》の別宅、かしこまらず、吾《わ》が家のようにおくつろぎあれ。まさ、酒と膳《ぜん》を」

笑みを浮かべて小沢が歓待した。

「お話は」

数馬は、固い姿勢を崩さなかった。先日、猪野に襲われた裏に、小沢がいると考えていたからである。

「……お疑いか。無理もないが……」

小沢が笑顔を消した。

「先日、吉原からの帰途、貴殿が襲われたとのことは聞き及んでおりまする。誓って申しますが、あれは拙者の指示ではござらぬ。たしかに、猪野たちの顔と名前ぐらいは存じておりまするが」

「猪野たちは今どこに」

「それは言えませぬ。窮鳥懐《きゆうちようふところ》にいれば猟師も殺さずとか。なにより、教えて、かの者たちが加賀の追っ手に討たれたとなれば、寝覚めが悪うござる」

数馬の要求を小沢が断った。

「あやつらは罪人でござる」

「だからどうだと。猪野たちは加賀藩にとっての罪人、わたくしにはかかわりござい

ませぬ。なにより、加賀には独自に罪人を捕まえるだけの能力もないと言われるのか

の。下手人の居所まで教えてもらわねば、なにもできぬほどの無能だと」

「……うっ」

言い返された数馬は詰《つ》まった。

「ご安心を。今回は決して手出しをするなと申しつけてござる」

生命の保証はすると小沢が言った。

「…………」

無言で、数馬は不満と了承を表すしかなかった。

「ささ、どうぞ、一献。用意できましたゆえな。ああ、先達として一つだけお教えいたそう。妾宅に誘われて、なにも口にしないのは、決別を意味いたしますぞ」

「……頂戴《ちょうだい》しよう」

老中の留守居役ともめるわけにはいかなかった。数馬は膳《ぜん》に手を伸ばした。

「なかなかの酒でござろう。これは、寛永寺にも納めている酒屋から取り寄せたものでござってな。上方の下り酒でござる。上総《かずさ》あたりのものにくらべれば、倍はしますぞ。肴《さかな》は出入りの魚屋に作らせました。昨今出始めた屋台と申す食いもの商いとは、格が違いまする」

小沢が自慢した。

「たしかに、美味でござる」

数馬も認めた。

「……さて、お話を」

さすがに妾宅で泊まるわけにはいかなかった。小半刻《こはんとき》（約三十分）ほどして、数馬は話を促《うなが》した。

「うむ。用件は二つ。一つは御三家さまからの伝言でござる」

「御三家さま」

数馬が姿勢を正した。

「お名前は申さぬが、御三家のお一つから、加賀侯へご助言でござる。上様ご後継としてお話をいただいた光栄へのお礼とお断りしたことへのお詫《わ》びをしたほうがいいと」

「……なるほど」

小沢の言葉に、数馬は納得した。礼と詫びは、大名でも庶民でもしなければならないものである。

「どのような形ですればよろしいか」

数馬は訊いた。

将軍に対する礼と詫びとなれば、格別なものとなる。御三家から内容についての指摘があるならば、従ったほうが無難である。

「刀や馬、銀子などではなく……」

武家の贈りものの定番を小沢は否定した。

「昨今、ご気分の……」

「上様にご遊興をお勧めしろと」

聞き終わる前に数馬が要点を述べた。

「さようでござる。上様がご気分を害した一因は、加賀どのでござろう。ご厚意をお断り申しあげるという無礼をおこなった」

「…………」

そこを突かれると、数馬だけでなく、加賀藩は誰もなにも言えなくなった。

「一つ目はおわかりいただけたと存じる。さて、二つ目の用件だが……」

「……二つ目。まだござるのか」

一つ目の重さから数馬はまだ立ち直れていなかった。

「次は、加賀にはかかわりのないこと。貴殿へのお話でござる」

「拙者に」

「さよう。貴殿、奉公人を一人雇わぬか」

「奉公人……」

数馬は小沢の意図がわからなかった。

「うむ。若い女といえばおわかりであろう」

小沢が述べた。

「妾でござるか」

「いかにも。今日の次第でおわかりいただけたであろう。留守居役には妾宅が欠かせませぬ。とはいえ、貴殿は江戸になれていない。どこで妾を調達してよいか、おわかりではございますまい」

「……………」

言われるとおりであった。五木からも妾宅を用意するようにと言われているが、どうしていいかわからないため、数馬は手配をしていない。

「よき女をお世話いたそう。見目麗《みめうるわ》しいだけではなく、閨技にも長《た》けた女を。わたくしの妾、まさのような」

下卑《げび》た笑いを小沢が浮かべた。

「かたじけないが、まずは一つ目の用件を殿にお伝えせねばならぬ。これにて」

数馬は話を断ち切って腰を上げた。

藩邸に戻った数馬は、待っていた五木によって、綱紀のもとへと連れて行かれた。

「……そうか。余が上様のご体調不全の源だと申したか」

綱紀が苦笑した。

「理屈はどういう風にでも、どのようにでもつけられる。それが執政というものだ」

「いかがなさいまする」

江戸家老村井が問うた。

「なにもせぬよ」

「ご老中さまのご通達でございまするぞ」

村井が驚いた。

「なにを言うか。言い出したのは御三家のいずれかで、備中守はそれを余に伝えただけ。執政の命令ではないぞ」

綱紀があっさりと否定した。

「ご老中さまのものではないとしても、御三家さまのご意見でございまする。無視するわけにもいきますまい」

御三家は政にかかわらないが、その影響力は大きい。村井が危惧《きぐ》を呈した。

「そうよな。では、こういたそうか。上様のご無聊《ぶりよう》をお慰《なぐさ》めするなど過ぎたこと。どのようにしてよいかわかりませせぬので、お手本をお示しいただきたく願いまする。備中守へこう返事をすればいい」

しゃあしゃあと綱紀が言った。

「お手本……なるほど」

村井が手を打った。

「外様が最初に上様のご機嫌をうかがう。執政衆の面目は丸つぶれだろう」

小さく綱紀が笑った。

「御三家さまにはどのように」

「気にしなくてよかろう。本当にそうならば、直接お話しくださろう。母は、水戸から来たのだ」

「今回のことは備中守さまの手だと」

「でなくば、わざわざ瀬能を名指しにはすまい」

確かめる村井へ、綱紀が答えた。

「瀬能、他には何か言われなかったか」

綱紀が尋《たず》ねた。

「わたくしに妾を斡旋《あっせん》したいと」

隠すわけにはいかなかった。数馬は正直に告げた。

「やはり、そこを突いてきたか」

綱紀が嘆息した。

「まさか、認めておらぬな」

「なんの返答もいたしておりませぬ」

咎《とが》めるような五木へ、数馬は返した。

「なぜ断らなかった」

五木が叱《しか》った。

「言質《げんち》を与えるなと言われたのは、ご貴殿でござろう」

頭ごなしに怒鳴《どな》られて、数馬は反論した。

「き、きさま……」

「よせ。なかでもめては、相手の思う壺《つぼ》だ。引き受けなかっただけでも、よしとせねばならぬ」

憤《いきどお》る五木を綱紀が抑えた。

「猶予《ゆうよ》はなくなったな。急ぎ、瀬能の妾を用意せねばならぬ。老中の権と先達の力を使って、押しつけられては困る。村井、国元へ足軽継《あしがるつぎ》を出せ。本多政長に、琴を説得させよ」

綱紀が命じた。

「はっ」

村井がうなずいた。

「五木、そなたは小沢以外の備中守の留守居役へ、先ほどの返答を届けよ。土産《みやげ》を忘れるな。前田は小沢を相手せぬとの意思表示を兼ねてだ」

「承知致しましてございまする」

五木が出ていった。

「瀬能、そなたは留守居役としての任をせず、市中を見回れ」

「なぜでございましょう」

数馬は首をかしげた。

「今、そなたは危ういところにある。うかつに留守居どもの集まりに出て、妾を押しつけられても困る。それに吉原などへ連れこまれて、詰問《きつもん》されてもまずい。そなたは、今、聞いてはならぬ話を知った」

厳しい声で綱紀が告げた。

「では、長屋で謹慎いたして……」

「遊ばしてやるほど、加賀に余裕はない。そなたには、猪野たちの討伐を命じる」

「……上意討ちでございますか」

数馬は低い声を出した。上意討ちは重い主命である。先達の留守居役といえどもさえぎれなかった。こうして綱紀は数馬を守った。

「そうだ。藩の逃散人を確認したのだ。放っておけば、加賀の名前に傷が付く」

綱紀が認めた。

重罪人を見過ごせば、弱腰として侮《あなど》られる。

「なにより、第二、第三の小沢を作るわけにはいかぬ。加賀のなかを知る者は……」

最後まで綱紀は言わなかった。

「それは、猪野たちがどこかに仕官するまでに討てとの」

「うむ」

「小沢はいかがなさいまするので」

「そなたは知らずともよい」

冷たく村井が遮《さえぎ》った。

「わかりましてございまする」

主命である。数馬は立ちあがった。

「次郎衛門。酒井雅楽頭を注視しておけ」

「はい」

「大きな渦《うず》が来る。いや、招こうとしている馬鹿がいる」

綱紀が表情を苦くした。

「備中守さまでございますか」

「いや、備中守だけではなかろう。他にもからんでいる者はおろう。でなければ、備中守が己《おのれ》の留守居役など使うまい。なにかあったとき、責任を押しつける相手がいるはずだ」

「それは……」

「わからぬ。知る気もない。それに手出しをするなら、幕政にかかわるだけの肚《はら》がいる。その肚があるなら、五代将軍の話、受けているわ」

綱紀がなんとも言えない顔をした。

「余の仕事は、前田家を生かすことだけだ。利家公以来、忍びつづけてきた血筋の当主としてな。秀吉に頭を下げ、家康に膝《ひざ》を屈し、秀忠におもねり、家光に媚《こ》び、家綱の後ろに控える。地に付けた頭を踏まれる思いをずっとし続け、耐えてきたのだ。それを余の代で潰すわけにはいかぬ」

「……殿」

淡々と言いながら、強く拳《こぶし》を握りしめている綱紀に、村井がいたましげな目を向けた。

「巻きこまれるわけにはいかぬ」

綱紀が宣した。

二

小沢をつうじてもたらされた加賀の返答を、堀田備中守は聞いた。

「手本か。たしかに、外様に最初にされたのではたまらぬな」

堀田備中守が納得した。

「とはいえ、老中でもっとも新参の余がするのもどうか。ここはご大老さまにお願いするしかないの。加賀の名前をこれで使える。勝ったつもりだろうが、綱紀よ、そう出るだろうとこちらは端《はな》から読んでいたわ」

にやりと堀田備中守が笑った。

翌朝、登城した堀田備中守が、大老酒井雅楽頭のもとを訪れた。

「なんじゃ。忙しいときに」

機嫌の悪そうな声を酒井雅楽頭が出した。

「申しわけなき仕儀ながら、放置しておけぬ話がございまして」

詫びながら、堀田備中守が家綱の気散じの話をした。

「上様のご無聊をお慰めせよと」

「はい。なぜ、執政衆はそれをしないかと、一部の大名たちから非難の声があがっておりまする」

「一部の大名だと。誰だ」

「わたくしのもとに届きましたのは、御三家さまと加賀でござる」

「御三家と加賀だと……」

酒井雅楽頭の眉《まゆ》がひそめられた。

「加賀は、ご迷惑をおかけしたお詫びとして、能狂言を催し、上様のご臨席をたまわりたいが、外様が一番にしゃしゃりでるわけには参らぬゆえ、執政に口火を切って欲しいと」

「そのようなことを加賀が申したか」

「悪い話ではないと存じますぞ」

二人の話を聞いていた他の老中が口を出してきた。

「医者に聞きましたが、病だからといって籠《こ》もっていては、かえってよろしくないと。好きなことをすれば、気が動き、心が楽しめば、身体《からだ》も温まるそうでござる」

「それがより上様にご負担を……」

酒井雅楽頭は反論しようとして詰まった。家綱の正確な病状を知っているのは、酒井雅楽頭だけであった。奥医師たちには、厳重に口止めしてあり、老中といえども実情は知らない。家綱の寿命があまりないことを知らせるわけにはいかないのだ。それこそ、誰を後継にするかで、勝手に動き回りかねない。家綱との約束で、宮将軍を実現させる準備が整うまで、隠さなければならなかった。

「上様は……」

口ごもった酒井雅楽頭へ、老中たちが怪訝《けげん》なようすを見せた。

「いや、上様にお伺《うかが》いしてこよう」

集まった注目から逃れるようにそそくさと酒井雅楽頭は御用部屋を出た。

「皆出て行け」

御座《ござ》の間《ま》に入った酒井雅楽頭は、家綱への挨拶《あいさつ》もなしに手を振った。

「雅楽頭さま」

「いかにご大老といえども……」

専横な振る舞いに、小姓たちが抗議しようとした。

「かまわぬ。雅楽頭の言葉は、躬《み》の指示だと思え」

夜具に横たわっていた家綱が顔を持ちあげて言った。

「……はっ」

「ご無礼をいたしました」

将軍に言われては、いたしかたない。小姓たちが御座の間をあとにした。

「どうした。顔色がよくないの。躬とかわらぬぞ」

力なく家綱がほほえんだ。

「お疲れと存じておりながら、申しわけございませぬ。じつは御三家と加賀から
……」

事情を酒井雅楽頭が語った。

「そうか。躬をよほど死なせたいらしいな」

すぐに家綱が裏を悟った。

「上様……」

泣きそうな顔を酒井雅楽頭がした。

「宮将軍の到着まではあとどのくらいだ」

「まだ京を出たという報告は参っておりませぬ」

酒井雅楽頭が頭《こうべ》を垂れた。

「そうか。まあ、相手は朝廷、力もなく名前だけで数百年を生きてきたような連中だ。一筋縄ではいくまい」

家綱が慰めた。

「急いでくれ。躬の命が保つ間に、宮将軍を実現してくれ」

「全力を傾注いたしまする」

酒井雅楽頭が誓った。

「で、雅楽頭は、どうやって躬の気を散じてくれるのだ」

「上様……」

「少しでも受けておかねば、そなたへの反発はますます増そう。雅楽頭が躬を取りこんで、幕政を思うがままにしているとな」

「今更《いまさら》でございましょう」

家綱の気遣《きづか》いに、酒井雅楽頭が首を左右に振った。

「上様はなにをご希望なさいまするか」

酒井雅楽頭が、家綱の好みを問うた。

「そうよなあ。なんでもよいならば、傀儡《くぐつ》を見たい」

「人形でございまするか。承知いたしました」

家綱の要望に酒井雅楽頭が首肯した。

「のう、雅楽頭」

「なんでございましょう」

酒井雅楽頭が、家綱の顔を見あげた。

「そなたが、躬の支えとなったのは、いつであったかの」

「老中に任じていただいたのは、承応《しょうおう》二年（一六五三）の六月でございました」

「もう二十八年になるか」

感慨深そうに家綱が言った。

「はい」

「躬が将軍になって三十年。そなたには、吾が治世のほとんどを支えてもらったわけだ」

「なにを仰せられまするか。わたくしなど……」

「否定してくれるな。でなければ、躬は暗愚となるぞ。政《まつりごと》を預けた臣が無能だというのに、二十八年も気がつかなかったのだからな」

「…………」

酒井雅楽頭が黙った。

「いろいろあったな」

「……はい」

二人が顔を見合わせた。

「供は許さぬ」

「それは」

殉死《じゅんし》は認めないと言った家綱に、酒井雅楽頭が驚いた。

「死ぬのは一人でいい。心配せずとも、顕子《あきこ》が迎えに来ておろう」

顕子というのは、家綱の正室伏見宮《ふしみのみや》顕子のことである。四年前、乳房にしこりができたが、医師といえども夫以外の男に肌を晒《さら》すわけにはいかぬと拒んで死んだ。朝幕一体を考えた三代将軍家光の政による婚姻であったが、二人の仲は睦まじかった。

殉死は寵臣《ちょうしん》にのみ認められた誇りである。酒井雅楽頭が抗《あらが》おうとした。

「しかし……」

「躬のわがままじゃ。宮将軍が館林や甲府らを抑えられるとは思えぬ。そなたがいなければ、あっという間に宮将軍は追放され、徳川の血筋による六代将軍争いが起こる。今度は戦《いくさ》になるぞ。もう、甲府も黙っておるまい。館林を殺してでも将軍になろうとするだろう。水戸の年寄りも後押しするだろう」

天井を見ながら、家綱が語った。

「辛いことを命じているとわかっている。だが、躬にはそなたしか頼る者がおらぬ。他の者どもは、躬が死ぬなり新たな主に尾を振るであろう。だが、そなたは違う。雅楽頭、吾が子の代わりじゃ、幕府を頼む」

「……わかりましてございまする」

酒井雅楽頭はこみあげてくるものをこらえて、引き受けた。

「これからは、そなたとゆっくり話をするときもとれまい。ゆえに、今、言っておく。感謝しているぞ、雅楽頭」

「上様……もったいないお言葉」

感動で酒井雅楽頭の身体が震えた。

「そなたと顕子に出会えた。よい一生であったと思う」

「わたくしこそ、上様にお仕えできただけでなく、ご信任をたまわりました。まこと、果報者でございまする」

二人は涙を流しながら見つめ合った。

「急いで来るなよ。宮将軍が代を重ねるのを見るまでは許さぬ」

「……はい」

主従だけのときは、そこまでであった。

「あまり長いと、また小姓どもが騒ぐ。雅楽頭、大儀であった」

家綱が主従二人の会話の終わりを告げた。

留守居役の任を外された数馬は、数日あてもなく江戸の町をうろついた。

「見つからぬな」

猪野たちの姿は、どこにもなかった。

「やはりこのあたりだと思うのだが……」

唯一の手がかりである寛永寺の周辺を、数馬は石動を供に歩いていた。

「小沢の妾宅があるこのあたりだと思うのだが」

数馬は小沢の妾宅へと続く辻の角に立って、周囲を見た。

「殿のお考えでまちがいはございますまい」

石動も同意した。

「ただ、相手は藩を逃げた罪人でござる。他人目《ひとめ》につく昼間はあまり表に出ますまい」

「……だな」

数馬も認めた。

「かといって、なにもせぬというわけにもいかぬ」

「難しいところでございますな。無駄《むだ》とわかっていても動かねばなりませぬ」

石動も嘆息した。

「世を忍ぶ浪人者三人が、潜《ひそ》むとしたらどこだ」

数馬は思案した。

「さようでございますな。裏長屋ではございますまい」

「なぜだ」

「金沢しか知りませぬが、あらたな住人というのは、目立つものでございまする」

「ああ」

金沢だけではない。城下というのは、どこも新参者を嫌う。引っ越してきたりした者は、別段なにもなくとも、注目された。

「しかし、ここは江戸。天下の城下町だ。それこそ、毎日のように人が来て、出ていっているはず。いちいち他人のことなど気にしていられるのか。とくに、その日その日を生きていくため、必死で働いている者たちは」

数馬は疑問を呈した。

「猪野どもは、その者たちにとって異物でございましょう。毎日働くでもなく、日がな一日屋内におり、夕刻になれば出ていく。夜明けとともに家を出て、日暮れ前に戻る、精一杯生きている者たちから見れば、異様でございましょう」

「たしかにな」

数馬は歩き始めた。

「このあたりではない」

「えっ」

断言した数馬に石動が驚いた。

「小沢の立場になればわかる。そんな悪目立ちをする連中を近くにおいておくはずはない。少なくとも町は変えさせるはずだ」

「なるほど」

石動が感心した。

江戸は細かく町という枠で区切られていた。町の出入り口には木戸があり、その脇に設けられた番小屋によって、人の出入りが監視されていた。木戸は夜の四つ（午後十時ごろ）には閉じられ、町内をまたいでの通行はできなくなる。ただし、行き先と名前を告げれば、木戸脇の潜《くぐ》りは開けてもらえる。こうすることで、町内に不審な者が入りこまないようにしているのだ。これも由井正雪による慶安《けいあん》の変が大きな原因となっている。ために、木戸番は浪人の動向を厳しく監視していた。

「御免」

「へい。なんでございましょう」

木戸番小屋に入った数馬を、壮年の木戸番が出迎えた。

「拙者、加賀前田家の臣で瀬能数馬と申す。少しものを尋《たず》ねたい」

名乗りは最低の礼儀である。

「これはごていねいに。なんでございましょう」

木戸番が用件を問うた。

「最近、町内に住み着いた浪人者、三人なんだが、心当たりはないか」

「浪人者が三人でやすか……いやせんねえ」

数馬の問いに木戸番が首を左右に振った。

「噂《うわさ》はないか」

石動がもう一つ訊いた。

「あいにく」

木戸番は知らないと言った。

「すまなかったな。隣町に行くには、この辻をまっすぐでいいのか」

「へい」

道を尋ねた数馬に、木戸番が首肯《しゆこう》した。

半日かけて、数馬は小沢の妾宅に隣接する町の木戸番を回った。

「おらぬな」

「はい」

もう一度出だしの寛永寺門前に戻った二人が、疲れた顔を見合わせた。

「夜まで待つ意味はない。それこそ、偶然に頼りすぎる」

「さようでございますな」

石動も認めた。

「一度帰り、あらたな手立てを探すしかなさそうだ」

「はい」

二人は日が暮れる前に、上屋敷へと戻った。

「おかえりなさいませ」

佐奈が玄関で両手をついた。

「ああ」

玄関から屋敷へ入れるのは、数馬だけである。家士の石動は台所脇の勝手口へと回らなければばならない。

「ご佩刀《はいとう》を」

「うむ」

帯に回した下緒《さげお》を解《ほど》き、太刀を鞘《さや》ごと抜いて数馬は佐奈へ渡した。

佐奈が両手で捧げるように、太刀を持った。

「国元から、まだ報せはないか」

「姫さまからの次のお手紙でございますか。さすがに昨日の今日では」

佐奈があきれた。先日数馬が出した手紙の返事が昨日、江戸へ届いていた。

「いや、長屋の用をさせる小者と女中のことだ」

数馬は佐奈のまちがいを糺《ただ》した。

「あいにく、なにも」

佐奈が否定した。

「急《せ》かさねばならぬな」

千石取りの瀬能家を維持するには、少なくとも十人はいる。たしかに、数馬だけなら、石動と佐奈の二人がいれば、なんとか生活はできる。だが、体面の維持までは難しかった。

長屋とはいえ、ちょっとした屋敷ほどの広さがあり、庭も付いているのだ。屋敷と庭を手入れするだけでも相当な手間がかかる。他に、買いものをする小者や門番も要《い》った。それらを江戸で雇うこともできるが、留守居役という役目の機密さから、どこの誰かもわからぬ流れ者を入れるわけにはいかない。そこで、数馬は国元に、派遣を頼んでいた。

「わたくしではご不満でございまするか」

佐奈が感情のこもらない声で言った。

「なにを言うか。佐奈は琴どののお付きである。我が瀬能家の奉公人ではない。その佐奈どのに身の回りのことをしてもらうのは、心苦しい」

「では、わたくしのお世話に不満は」

「まったくない」

はっきりと数馬は告げた。

「お褒《ほ》めにあずかり恐縮でございまする」

羽織を受け取りながら、佐奈が礼を述べた。

「とは申せ、人が足りぬのはたしか。国元に手紙を出しておきまする」

「頼んだ」

浴衣《ゆかた》に着替えた数馬は、文机《ふづくえ》の前に座り、琴姫の手紙を開いた。

「……別段、なにもないな」

数馬は琴姫の手紙を何度も読みかえした。

「本多政長どのの言葉が含まれているかと思ったが……」

香を焚《た》きしめた手紙に記されているのは、数馬の留守居役就任への祝いと、体調を気遣う言葉、そして待っている身の寂しさであった。

「お目もじできる日を、ただただ千秋の想いでお待ち申しあげておりまする……か」

最後の一文を、数馬はなんともいえない気分で読んだ。

「わずか数日の交流でここまで想えるものなのだろうか」

数馬は手紙を折りたたんだ。

「たしかに、好ましいとは想っているが……」

琴姫の容姿は衆に優れている。数馬が知っている女のなかで、もっとも美しいといえる。吉原で鷹と名乗った妓《おんな》に手を出さなかったのは、婚姻《こんいん》を約したばかりというのも確かだったが、琴姫の美貌より劣っていたのも一因であった。

「しかし、会えなくて辛いとまでは……」

命がけの旅路を経て江戸へ出たのちも続く繁忙さに、数馬は紛《まぎ》れ始めていた。

「妻か……」

数馬は実感がわかなかった。

武家の婚姻は家と家のものである。さすがに婚礼の日まで顔を見ないというのは、ほとんどなくなったが、親しく会話するなどなく、初夜を迎えるのが普通であった。

「夫婦というのは、一からのかかわりである」

よく知らないまま婚礼をあげ、そのまま身体を重ねるのだ。男はもちろん、女はさぞ不安なはずである。

「一度縁づいたからなのか」

婚姻に対する怖れは、初めてだからこそある。二度目となれば、慣れが出て平気になるのも不思議ではなかった。

「わからんものは、わからぬ」

声に出して、数馬は考えるのを止めた。

「……妾のことも考えねば」

数馬も男である。それも健全な二十三歳ともなれば、女を求めるのは当然であった。

「とはいえ、琴どのをどうやって説得するかだ」

難しい顔を数馬はした。

「留守居役の任であると言い張ることはしたくない」

数馬は独《ひと》りごちた。

武家が妾を持つのに正室の許可は不要であった。しかも、数馬の場合は、上役からの命令でもある。とはいえ、格が違いすぎた。

武家でも養子の場合、側室を迎えることは許されなかった。当たり前である。武家の正統は血にある。琴姫へ遠慮しなくても奉公人を一人増やすくらいは問題ない。とはいえ、妾だけは別であった。

瀬能家の血筋を産む。これは正室の役目であった。

「どう書いても言いわけにしかならぬ……」

数馬は苦吟《くぎん》した。

「お手紙をお書きでございまするか」

夕餉《ゆうげ》の膳《ぜん》を手にして、佐奈が入ってきた。

「むうう」

数馬はあいまいな声を出した。

「姫さまへでございましょうな」

「……うむ」

「まず夕餉をおすましになり、その後でゆっくりを筆をお持ちになられては」

「そうしよう」

数馬は逃げた。

三

延宝《えんぽう》八年（一六八〇）四月十日、酒井雅楽頭は、将軍家綱を慰めるとして、城内二の丸に舞台を立てさせ、竹本土佐掾《たけもととさのじょう》に人形浄瑠璃《じょうるり》を演じさせた。

「ご大老さまの次はわたくしが……」

十八日、稲葉美濃守《みののかみ》正則が、放下師《ほうかし》都右近《みやこうこん》を招き、滑稽《こっけい》ごとをおこなった。続いて二十七日、大久保加賀守忠朝《ただとも》が、狂言と芝居を披露した。

どれも食事休憩を挟んだ半日に及ぶものであり、病中の家綱に苦行を強《し》いる形となり、最後の芝居では、終演まで家綱は座にあることができず、意識を失うほどであった。

「上様のご無聊のなぐさめとなれば」

二十九日、水戸前《さき》の権中納言《ごんちゆうなごん》徳川光圀《みつくに》が、『一代要記』他三冊の書物を献じるために、登城した。

「上様のご尊顔を拝し奉《たてまつ》り、光圀恐悦至極《きようえつしごく》に存じまする。これは、わたくしが選者となりましたもので、上様のご退屈のおりにでもお読みいただければと思い、持参いたしました」

「……うれしく思う」

さすがに御三家の献上品を、用人や小姓に受け取らせるわけにはいかず、黒書院《くろしよいん》まで出向いた家綱は、蚊の鳴くような声で挨拶《あいさつ》を受けた。

「かつて神君家康さまは、三代将軍ご選定のおり、長幼の序に従い、家光さまをご指名になられました。これは徳川が守らねばならぬ鉄の規律でございまする」

いつもの理論を光圀が口にした。

「光圀よ。それは違う」

家綱が首を左右に振った。

「それを……言い出せば、二代将軍は……秀忠さまではなく……越前宰相秀康《えちぜんさいしょうひでやす》さまで……なければなるまい」

荒く息を継ぎながら、家綱が否定した。

「…………」

自説を否定することになるため反論できず、光圀が沈黙した。

「下がってよい」

手を振って家綱が退出を促した。

「御免くださいませ」

将軍の命である。光圀は一礼して黒書院を出ていった。

「……ぐうう」

家綱が咳《せ》きこんだ。

「上様」

用人が駆け寄った。

「どうやら終わりのようじゃな」

背中に聞こえてくる騒ぎに光圀が暗い笑いを浮かべた。

「神君家康さまのご決断を遵守《じゅんしゅ》できずして、なんの将軍か」

吐き捨てるように光圀が言った。

「すべからく、家は長男が継ぐ。こうしておけば、天下は泰平のまま続く。こんな簡単なことがなぜわからぬのか。甲府どのが五代となられたあかつきには、しっかりお諭《さと》しさせていただかねばならぬ」

光圀が呟《つぶや》いた。

「さて、次の勝負は、将軍後継の場じゃの」

跡継ぎがないまま当主が死亡したとき、古来からおこなわれてきたのが、一門、重臣による合議であった。

「吾《われ》にあるは理《ことわり》なり。神君家康公の作られた法。誰にもまげることはできぬ。御三家で唯一定府《じょうふ》である水戸は、将軍を補佐するためにある。それには、新将軍の選任も含まれる」

決意も堅く、光圀が口を結んだ。

光圀を追い返した家綱は、ふたたび意識を失った。そしてとうとう床から立ちあがることもできなくなった。

「もう、ご猶予《ゆうよ》はございませぬ」

五月七日、幕府典薬頭《てんやくのかみ》の半井《なからい》兵部少輔《ひょうぶしょうゆう》が、酒井雅楽頭の前に手を突いた。

「上様が……」

報告を受けた酒井雅楽頭が絶句した。

「やはり、上様のお言葉に反してでも、遊興にお誘いせねば良かった」

酒井雅楽頭がほぞを噛《か》んだ。

「……だが、ここにいたってはしかたがない。後悔は死んでからでもできる。余は上様に預けられた仕事を果たす」

決意した酒井雅楽頭が、御用部屋の中央へ進み出た。

老中の執務室である御用部屋は、壁際《かべぎわ》に屏風《びょうぶ》を立て、各々の執務場所を区切っていた。政《まつりごと》は、同じ老中といえども秘さねばならぬこともある。ために、隣同士でも話ができないようになっていた。

「御一同、お集まり願いたい」

御用部屋の真ん中で酒井雅楽頭が声をあげた。

「なんでござろう」

「ふむ」

「…………」

それぞれの反応を見せながら、老中たちが集まってきた。

「執務もござる。前置きはなしでいかせていただく」

酒井雅楽頭が宣した。

「先ほど奥医師から報告があった。上様は御不例《ごふれい》であると」

「なっ」

「ご容体はいかがでござるか」

告げた酒井雅楽頭に老中たちが口々に質問した。

「芳《かんば》しくはないそうだ。気を失っておられる」

「それは……」

「なんとも……」

「医師はなにをしておるか」

老中たちが憤った。

「任せておられぬ。もっと腕のよい医者を探せ。そうだ、備中守どの、貴殿の父上を診《み》たという名医がおられたであろう」

大久保加賀守が堀田備中守へ言った。

「……あいにく奈須玄竹《なすげんちく》は、すでに死去しておりまする」

堀田備中守が悔《くや》しそうな顔をした。

「ええい、誰かおらぬのか」

土井能登守利房《のとのかみとしふさ》が大声を出した。

「落ち着かれよ、ご一同。半井典薬頭らも身命《しんみよう》を賭《と》して、治療にあたっている。我らは、できることをすべきであろう」

一通り老中たちに憤懣《ふんまん》を漏《も》らさせてから、酒井雅楽頭が制止した。

「なにをすると」

酒井雅楽頭の次に古い稲葉美濃守が問うた。

「五代将軍さまの選定である」

「…………」

老中たちが息を呑《の》んだ。

「先日、上様より、執政衆の定めた者を世継ぎとするとのお許しをいただいておる」

酒井雅楽頭が告げた。

「まことでございまするか」

「我らにご一任いただけると」

大久保加賀守、土井能登守が驚いた。

「ゆえに急がねばならぬ。はばかりあるが、上様に万一あったとき、まだご後継が決まっていなければ、ご一門衆を招いての合議となりますぞ」

「それは……」

堀田備中守が酒井雅楽頭を見た。

「うむ。我ら執政を信じてお任せいただいた上様のお心に背《そむ》くことになるの」

稲葉美濃守が述べた。

「美濃守どのの言うとおりだ。ここで一門衆との合議にしてしまえば、なにかとうるさくなりましょうぞ」

「一門衆が、五代将軍さまに恩を売った形になる」

「御三家たちが、政に手出しをする。いや、御用部屋に入りこんでくることにもなりかねませぬな」

酒井雅楽頭の言いたいことを大久保加賀守と稲葉美濃守が口にした。

「お世継ぎとはいえ、仮の者。なに、上様がご快復されれば、後々いくらでも代えられまする」

余地はまだあると酒井雅楽頭が話した。

「なるほど」

「さようでござるな。上様さえ、ご本復なされれば……」

顔を見合わせて老中たちが納得した。

「では、わたくしからご候補をあげさせていただいてよろしいかな」

酒井雅楽頭が了承を求めた。

「…………」

抗議の声をあげないことで、老中たちが認めた。

「拙者《せっしゃ》がご推戴《すいたい》するお方は……有栖川宮幸仁親王殿下をお迎えするべきだと」

「な、何を言われる」

「徳川のお方ではないなど……」

「冗談ではござらぬ」

酒井雅楽頭が名前をあげるなり、老中たちが顔色を変えた。

「どこに不都合がござる」

落ち着いた声で、酒井雅楽頭が問うた。

「問題だらけでございまする」

堀田備中守が大声で反対し、続けた。

「鎌倉の故事に倣《なら》われたのでございましょうが、源氏とは違いましょう。徳川には、上様の弟にあたられる館林宰相さま、甥《おい》の甲府宰相さまがおられまする」

「備中守どのの言うことにも一理ござる。たしかに御三家の方々もおられる。わざわざ、京からお招きするには無理がござるのでは。皆を納得させるだけのものが要りましょう」

大久保加賀守が懸念を表した。

「たしかに」

「反対が強くなるのは避けたいところ」

他の老中たちも慎重な態度になった。

「…………」

酒井雅楽頭は無言で聞いていた。

「第二の北条となられるおつもりではございませんでしょうな」

黙っている酒井雅楽頭へ、堀田備中守が詰め寄った。

「北条……執権の」

堀田備中守の言葉を聞いた大久保加賀守が目を剝《む》いた。

「宮将軍を迎え、酒井家が執権となり、代々大老職を世襲していく。そのお考えではございませんでしょうなとお尋ねしている」

もう一度堀田備中守が酒井雅楽頭を詰問《きつもん》した。

「お話し願いたい」

稲葉美濃守も酒井雅楽頭へ問うた。

「そんなつもりはござらぬ。拙者は五代将軍さまが決まられたなら、すみやかに政務の引き継ぎをおこない、大老の職を退こうと考えておる」

酒井雅楽頭が答えた。

「偽《いつわ》りでござろう。そのおつもりならば、なにも宮将軍を迎える意味などございますまい」

堀田備中守が酒井雅楽頭を指さした。

「大老が御用部屋で嘘をつくわけはない」

酒井雅楽頭が首を左右に振った。

「ではなぜ、徳川のお血筋でないお方をお招きすると」

「徳川のお血筋ではつごうが悪かろう」

さらに嚙《か》みついてくる堀田備中守に酒井雅楽頭はうっとうしそうな顔をした。

「ご説明を」

二人の間に割って入りながら、稲葉美濃守が促した。

「まだ上様はお亡くなりではござらぬ。ご本復なされるや……いや、かならずご回復なされよう。もし、そのとき館林宰相どのあるいは甲府宰相どのをお世継ぎとして定めていたとして、廃嫡《はいちゃく》できるか」

「……それは」

堀田備中守が詰まった。

「その点、お血筋でなければ、捨《す》て扶持《ぶち》を与えて、どこぞに寺でも建てて、そこを差し上げれば、話はすむであろう」

酒井雅楽頭が理由を語った。

「なぜ、廃嫡せねばならぬのでござる。上様のご体調が芳しくないとなれば、お世継ぎは要りようでござる」

「上様の和子《わこ》さまがおできになられたとしてもか」

「まさか……」

返された堀田備中守が目を大きく見開いた。

「上様にお子様が、側室の誰かが懐妊していると。そのような報告は受けておりませぬ」

黙って議論を聞いていた大久保加賀守が驚愕《きょうがく》した。

「騒ぐな」

酒井雅楽頭が、叱りつけた。

「おできになられたと確証があるわけではない。だが、ないとはいえまい。上様は、今年に入ってからでも何度か大奥へお運びである」

体調の悪化した三月以降はなかったが、それ以前は十日に一度ほどの割で、家綱は大奥へ通っていた。

「上様がお亡くなりになったあとに和子さまがご誕生なされたら、どうする。館林公にも甲府公にも跡継ぎはおられるぞ。そのお方を廃し、六代将軍には和子さまをとできようか。できますまい。和子さまも、新しく五代さまになられた館林、あるいは甲府のご嫡子《ちゃくし》も、ともに将軍の子。同格になる。しかし、宮将軍なら、なんの遠慮も要らぬ。宮将軍の子は、西の丸さまではないのだからな」

将軍世子が住んだことから、西の丸は、次の将軍という意味を持つようになっていた。

「………」

正論に一同が黙った。

「それに、徳川のお血筋で五代さまをとなれば、争いになるぞ。甲府公、館林公、どちらを選んでも禍根《かこん》は残る」

「……たしかに」

稲葉美濃守が認めた。

「なにより、拙者を除いて執政衆をそのまま移行できるのが大きい。館林さまや甲府さまのように、幕府への伝手《つて》をお持ちではないからな、有栖川宮さまは。まさか、公家を執政に連れてこられることはございますまい。たとえ連れてきてもなにもできませぬよ。公家どもは、数百年以上政《まつりごと》をしておりませぬからな。我らに泣きつくことしかできませぬ」

「我らがそのまま残れる……」

「ご大老さまが言われるように、政の継続は重大事じゃ」

次代も老中のままと聞いた大久保加賀守と土井能登守がうなずいた。

「拙者は上様の代にて大老をさせていただいた。これ以上望むべくもない位人臣《くらいじんしん》を極めた。もう、隠居させていただこうと考えておる。そこで、美濃守どのに、大政参与をお願いしたい」

「わたくしに……大政参与を」

指名された稲葉美濃守が、信じられないといった顔をした。

「いかがでござろうか、ご一同。宮将軍にご賛同いただけようか」

酒井雅楽頭が一同を見回した。

「一つよろしいかの」

稲葉美濃守が酒井雅楽頭へ向き直った。

「京の許可は出ておりましょうか。我らだけで宮将軍を決めたところで、ご本人あるいは朝廷が認めねば、絵に描いた餅《もち》となりましょう。今から説得している暇《いとま》はございますまい」

当然の疑問であった。

江戸と京は、百二十五里（約五百キロメートル）ほどである。早馬でも片道五日、往復で十日はかかる。そのうえ、朝議を開いて、宮将軍の派遣を認めさせるとなれば、一ヵ月ではきかなかった。

「懸念には及ばぬ。すでにご内意もいただいておる。上様より次は任せるとの御諚《ごじょう》を下さってより、すぐに手配をいたしておいた」

酒井雅楽頭が胸を張った。

「ご内意も……」

「なんと手回しのよい」

老中たちが啞然《あぜん》とした。

「朝幕の仲を取り持つことにもなりまする」

大きく酒井雅楽頭が胸を張った。

「よろしかろうかの」

酒井雅楽頭が返答を促した。

「けっこうでござる」

「今の上様のご系統を保護させていただくには、なによりの手だてと存じあげる」

「妙手でございましょう」

次々と老中たちが賛意を表した。

「…………」

「備中守どのよ、貴殿はどうだ」

沈黙したままの堀田備中守へ、酒井雅楽頭が訊いた。

「ご趣意は理解いたしましたが、よろしいのか」

「とはどういう意味かの」

「我ら執政は、ご大老さまの深慮遠謀をおうかがいいたしましたが、他の役人や大名たちは、まさに寝耳に水でござろう。宮将軍の発表は、幕政に大きな動揺を与えかねませぬ」

「ううむう」

これも正論であった。酒井雅楽頭は反駁《はんばく》できなかった。

「どうすればいいというか」

「大名どもに総登城を命じ、その場で披露いたすしかございますまい。上様のご臨席をたまわれれば、よりよろしいかと」

「上様を大広間にお連れすることはできぬ。ご負担が多すぎる」

酒井雅楽頭が拒《こば》んだ。

「上様のご口頭を願えればと思いましたが……となれば、あらかじめ幾人かの大名、役人たちをこちらに引き抜いておくしかございますまい」

「……それしかないか」

もっともな発言に、酒井雅楽頭も同意するしかなかった。

「明日には正式な発表をおこないたい。今夜中にできるだけ多くの大名、役人たちとご面会のうえ、説得を願おう」

「一日ではとても足りませぬ。大名だけで二百以上おりまする。役人どもにいたっては数さえ読めませぬ」

大久保加賀守が悲鳴をあげた。

「日数はかけられぬ。一日増えるたびに、話は拡がろう。噂は止められぬ。報《しら》せてはならぬ相手の耳に届けば、どのような妨害が入るかわからぬ。今日中が精一杯。厳選した者にだけ、話を伝え、合意をさせるしかない」

酒井雅楽頭が苦い顔をした。

「報せてはならぬ相手……甲府と館林、そして御三家……」

小さく大久保加賀守が漏らした。

「口にするな」

うかつだと酒井雅楽頭が注意をした。

「話を聞いた相手が拒めば……」

大久保加賀守の出した名前を聞かなかった振りで、土井能登守が問うた。

「執政の内談に拒否などさせぬ。お手伝い普請《ぶしん》でも、辺境への転封《てんぽう》でも望みしだいだ」

厳しく酒井雅楽頭が言った。

「我らが直接面談するのでござるか」

大久保加賀守が確認した。

「当然でござろう。上様のお世継ぎという、これ以上の大事などない話でござるぞ。留守居役風情に任せるわけにはいきますまい。留守居役にさせれば、より多くの者に根回しができるかわりに、拒まれる場合もでましょう。留守居役の間には、格や石高とは違った序列があるとか」

酒井雅楽頭が首を左右に振った。

「となれば、余裕はございませぬな。すぐにでも動かねば」

稲葉美濃守があわてた。

「さよう。ご一同、明日には上様の御諚として、天下に発布いたしますゆえ、今日中にな」

酒井雅楽頭が念を押した。

「同じ相手に内談という無駄を避けましょうぞ。拙者は大坂以西の大名を」

稲葉美濃守が分担を言い出した。

「では、わたくしは、江戸以北の大名を」

「拙者は、役人を」

それぞれが担当を述べて、御用部屋を去っていった。

「任せた。拙者は井伊、榊原《さかきばら》、本多《ほんだ》ら譜代大名を口説《くど》く」

酒井雅楽頭も御用部屋を後にした。

「……そうか。京へ家臣を出したのは、有栖川宮を迎えにいかせたな。ちっ。後手に回ったわ」

一人御用部屋に残った堀田備中守が、爪《つめ》を噛《か》んだ。

「加賀の次は宮将軍か。いったいなにを企《たくら》んでいる、雅楽頭」

堀田備中守が考えこんだ。

「五代将軍が決まれば隠居する……そう言っていたな。稲葉美濃守に大政参与の地位を譲るとも。これでは、雅楽頭に利がないぞ。利なくして人が動くはずはない」

うろうろと堀田備中守が御用部屋のなかを歩き回った。

「ええい。考えていてもわからぬ。しかし、このままにはしておけぬ。大政参与の地位で稲葉美濃守は、落ちた。雅楽頭の思惑通りにことが運べば、吾《われ》に浮かぶ瀬はなくなる。堀田家にふたたび大政参与の地位と十万石を取り戻すには、雅楽頭の逆をいくしかない。……そうだ、吾は養母春日局《かすがのつぼね》と同じことをする。春日局は三代将軍を決めた。なら、吾は五代将軍を決める」

決意の籠《こ》もった目を堀田備中守がした。

「血筋からいけば、甲府宰相どのであろうが、あの御仁《ごじん》には水戸の老人がついてくる。あの口うるさい老公なら、五代将軍となった綱豊卿をつうじて幕政にくちばしを突っこんでくるだろう。朝廷をもっと敬えとか、皇室領を増やせとか、面倒だな」

堀田備中守が顔をしかめた。

「となると、館林宰相さましかないな。もともと父の領地佐倉《さくら》と近いため、我が家との交流も深い。勉学好きでもあるし、なにより、後ろにへんなものが付いていないのがよい。それに恩も売れる。家光《いえみつ》さまを三代将軍とした春日局が大奥総取り締まりとして力を振るったように、吾も五代将軍のもとで執政筆頭となれる」

結論を出した堀田備中守が立ちあがった。

「一刻を争う。上様が御存命の間に、御座の間へお連れせねば」

堀田備中守が急ぎ足で、御用部屋を出た。

四代将軍家綱の弟、綱吉は江戸城内一橋門近くの神田館《かんだやかた》にいた。

「老中がどうした。もう日暮れであるぞ」

面会を求めた堀田備中守に、綱吉が応じた。

「お覚悟のほどをおうかがいいたしたく」

「覚悟……なんのだ」

「天下を背負う覚悟でございまする」

問うた綱吉に、堀田備中守が言った。

「なんだと……」

家綱が病床にあるときに、老中が訪れ、天下を背負う覚悟があるかどうかを訊く。これで意味がわからないようでは、話にならなかった。

「余に五代を継げというか」

「宰相さましかおられませぬ」

「甲府がおる」

「いいえ。甲府宰相どのは、綱吉さまより一代遠うございまする」

堀田備中守が否定した。

甲府宰相綱豊は綱吉の兄綱重の子供である。つまり、三代将軍家光から見て、綱吉が子供であるのに対し、綱豊は孫になった。

「…………」

推す理由を聞いても、綱吉は用心深く反応しなかった。

「ご口外くださいませぬよう。先ほど御用部屋で、大老酒井雅楽頭の発案があり、五代将軍を鎌倉の故事に従い京からお迎えすると決しましてございまする」

「宮将軍を擁立《ようりつ》するだと」

「さようでございまする。このようなまねを許せましょうや。家康さまが作られ、秀忠さま、家光さま、家綱さまと続いてきた徳川の系統を断ち切る行為」

「それが認められたと。ふざけたまねをする。大老老中といえども臣ではないか」

綱吉が憤った。

「男として、武士として、将軍の座を欲しいとは思っておった。が、兄の子である綱豊が選ばれるならば、それもよいと考えていた。長幼の序は重大であるからな。だが、家康さまの血筋でない者に五代将軍をさせるなど、論外」

「まことに。有栖川宮幸仁親王殿下のご祖父高松宮好仁《たかまつのみやよしひと》親王殿下に家康さまの曾孫《そうそん》亀姫《かめひめ》さまが嫁がれてはおりますが、幸仁親王殿下には亀姫さまの血はございませぬ。形としては、有栖川宮家を継承されたので、亀姫さまの義理の孫ではございますが」

高松宮好仁は後、有栖川宮を名乗っていた。

「雅楽頭のもくろみはなんだ」

綱吉が尋ねた。

「本人は五代将軍が決まれば、隠居するなどと申しておりましたが……」

「眉唾《まゆつば》だな。そうせい侯などと兄をないがしろにし、下馬《げば》将軍などと呼ばれている雅楽頭が、おとなしく退くはずはない」

「わたくしもそう考えておりまする」

堀田備中守も同意した。

「雅楽頭に娘は」

「六人おりますが……あっ。末姫《すえひめ》がまだ輿入《こしい》れしておらぬはず」

「それじゃ。雅楽頭め、有栖川宮を将軍とし、その正室として吾が娘を押しつけるつもりだ」

大きく綱吉が手を打った。

「将軍の岳父《がくふ》になれば、なにも大老でなくとも幕政は思うがまま」

「さらに娘が男子を産めば、六代将軍とし、外祖父として力を振るう」

綱吉が述べた。

「二代にわたって影響力を持つ。そこまでとは思いおりませなんだ」

堀田備中守が綱吉の洞察に感心した。

「どうする、備中守」

「上様に直談判をいたし、綱吉さまを世継ぎと認めていただくしかございませぬ。それも今夜中に。明日には、宮将軍擁立が公布されまする」

策を訊かれた堀田備中守が答えた。

「それはいかぬ。急ぎ登城するぞ」

「行列を仕立てていては、どこから邪魔が入るかわかりませぬ。畏《おそ》れ入りまするが、徒《かち》でお供は数人にてお願いをいたしまする」

「そなたは供してくれるのだな」

「はい」

堀田備中守が首肯した。

神田館を出た二人はその足で登城、御座の間に着いた。

「上様はお休みでございまする」

宿直番《とのいばん》の小姓が、二人を遮《さえぎ》った。

「弟が兄の病床を見舞うのに、なんの遠慮が要《い》るか」

「おぬしの名前覚えておくほうがよいか」

綱吉と堀田備中守の脅《おど》しに、あっさりと屈した。

「上様、館林宰相さまがお見舞いにお見えでございまする」

堀田備中守が寝ている家綱の枕元で叫んだ。が、意識混濁となっている家綱は反応しなかった。

「なにごとでございますか。上様はご安静になさらねば……」

近くの部屋で控えていた奥医師が、大声に驚いて顔を出した。

「黙れ。今、天下の大事を上様にご判断いただいておる。きさまの口出ししてよいことではない」

堀田備中守が奥医師を一蹴《いっしゅう》した。

「上様、お世継ぎとして館林宰相さまをお迎えいたしたく存じますが、ご反対であれば、その旨《むね》お示し下さいませ」

「…………」

家綱は荒い息をするだけであった。

「お認めいただきかたじけなく存じまする。館林宰相さま、お礼を」

一礼した堀田備中守が綱吉を促した。

「わたくしごときに大樹をお預けいただき、恐悦至極でございまする。浅学非才なれど、兄上のご期待にそえますよう、努力いたしまする」

綱吉が平伏した。

「早速に館林宰相さまは、西の丸へお移りを。今すぐに」

「わかった。神田館へ人をやる」

堀田備中守の指示に、綱吉はうなずいた。

「では、上様。ご無礼をいたしまする」

二人は御座の間を離れた。


翌朝、いつもより早めに登城した酒井雅楽頭は、近づいてきた宿直《とのい》の目付《めつけ》から耳打ちされた。夜間の江戸城は、目付の管轄《かんかつ》であった。

「昨夜、館林宰相さま、上様とご密会。お世継ぎとして指名されたとして、西の丸へお移りあそばされました」

「なんだと……」

酒井雅楽頭が絶句した。

「ご老中堀田備中守さまのご指示もあり……」

やむを得なかったと目付が言いわけをした。

「ええい。情けない。余の許しなく、そのようなまねをさせるとは、なんの目付か。

西の丸に入る前ならば、館林もまだ一大名であったのだぞ」

怒りながら御用部屋に入った酒井雅楽頭を堀田備中守が出迎えた。

「きさま、なにをした」

「上様のお見舞いを願われた館林宰相さまのお供をしただけでございまする。そのおり、上様が、館林宰相さまに後を頼むと」

しゃあしゃあと堀田備中守が述べた。

「上様がお話しできるはずなどなかろう。貴様、謀《はか》ったな」

「なにを言われる。わたくしが謀ったならば、雅楽頭さまはどうでござる。上様のご一任をいただいたと仰《おお》せでございますが、証拠はございますか」

「……そのようなものはない」

将軍の地位を徳川から取りあげるのだ。いかに将軍、大老といえども表立つわけにはいかない。証《あか》しになるものなど残すはずはなかった。

「ならば、わたくしを非難できませぬな。さて、上様の弟と、血のつながりさえない宮家。どちらが将軍としてふさわしいか、言うまでもございますまい」

堀田備中守が勝ち誇った。

「……そなたなどになにがわかる。上様の深慮遠謀が……徳川千年の策をよくも

「……」

「なんの話でございますかな」

涙を流した酒井雅楽頭へ、堀田備中守が問うた。

「お血筋を保護し……」

酒井雅楽頭が言いかけたとき、走り寄る足音がした。

「ご注進でござる」

日頃は他者の進入どころか、手をかけることさえ許されぬ御用部屋の襖《ふすま》がいきなり引き開けられた。

「なにごとだ。騒がしい」

堀田備中守が怒鳴《どな》りつけた。

「ご注進申しあげまする。上様、ご逝去《せいきょ》」

入ってきた小姓が膝《ひざ》を突いた。

「な……」

酒井雅楽頭が崩れ落ちた。

将軍家綱は、延宝八年五月八日死去した。まだ四十歳の若さであった。慶安の変という騒動から始まった治世だったが、その後は穏やかなものであり、天下に乱世の終わりを知らしめた。

家綱の死去は翌九日、総登城した大名たちに報された。

将軍の死亡は留守居役たちにも大きな影響を与えた。さすがに新しい将軍家とのつきあいには関係なかったが、その誕生を後押しした堀田備中守への伝手を求めなければならなかった。とはいえ、誰もすぐには動けなかった。

将軍の死は、一人のものではなく、天下の哀しみなのだ。幕府は音曲停止《ちょうじ》四十九日間を江戸市中に命じた。音曲停止となれば、宴席は当然できなくなる。なにより、将軍の喪中に留守居役が、遊興するなど論外である。見つかれば主家が潰される。

「ちょうどよかった」

五木がほっとした。

「なんでござる」

意味がわからず、数馬は首をかしげた。

「四十九日の間、留守居役は動かぬ。これで小沢の手は防げた。その間におぬしが妾宅を設けてしまえば、いくらでも言いわけできる」

「妾宅の建築もできますまい。音曲停止とともに普請も停止でございましょう」

音曲だけでなく、騒々しい音を立てる普請も停止であった。

「家などどうにでもなる。今ある家を買えばいい」

あっさりと五木が言った。

「肝腎《かんじん》の女が……」

「そろそろおぬしの長屋へ国元から連絡が来るだろう。帰れ」

五木が手を振った。

「国元に頼んだのは長屋の下働きをする小者と女中だ。妾など……」

文句を言いながら、長屋に帰った数馬を佐奈が出迎えた。

「お帰りなさいませ。さきほど、姫さまよりお手紙が参っておりまする」

佐奈が手紙を数馬に渡した。

「琴どのからか……」

受け取った数馬は自室へ戻って、封を開いた。

「……な、なにを」

読み終えた数馬は絶句した。

「側女《そばめ》をお抱えになさらねばならぬとのよし、父よりうかがいました。お役目のことゆえ、悋気《りんき》はいたしませぬが、わたくしの知らぬ女では、どのような思いを数馬さまがなさるやらわかりませぬし、ろくでもない女では困りましょう。ついては、佐奈を側女となさいますように。これはお願いでございまする……だと。琴どのなにを」

数馬は啞然とした。

「姫さまはご心配なさっておられるので。残念ながら国元におられる姫さまでは、数馬さまをお支えできず、市井の女にそれを期待するわけにも参りませぬ。そこで、姫さまは、幼少のおりよりお仕えしているわたくしならばとお考えになられたのでございまする」

身支度《みじたく》を手伝うために、付いてきた佐奈が淡々と告げた。

「わかっているのか、妾ぞ。佐奈はよいのか」

うろたえた数馬が確認した。

「ふつつか者でございますが、精一杯務めまする」

にこやかにほほえみながら佐奈が手を突いた。

解説

細谷正充

上田秀人という作家のイメージを、一言で表現するなら〝凄《すご》い〟となる。いやもう、絶賛の言葉は幾らでも出てくるのだが、とにかく最終的に行き着くのは、凄いなのだ。でも、凄い凄いと騒いでいるだけでは、その内実が伝わらない。なので、もう少し深く考えてみよう。何が、そんなに凄いのか。速度と密度を両立させていることだ。

ここでいう速度とは、作者の執筆スピードである。なにしろ近年の、作者の筆は速い。一月一冊以上のハイ・ペースを堅持し、今年（二〇一四年）に入ってからも、四月までに五冊を上梓しているのだ。しかもハードカバーで出版した『峠道　鷹の見た風景』は、疲弊《ひへい》した米沢藩《よねざわはん》を再興した名君・上杉鷹山《うえすぎようざん》が主人公になっている。今まで、実在の人物というと戦国武将を好んで取り上げてきた作者が、新たな世界に挑んだのだ。とてつもない執筆速度を誇りながら、なお作品世界を広げていくパワーは、驚異的である。

そして、これだけ新刊を量産しながら、どの作品も密度が濃い。一例として、今年、第三回歴史時代作家クラブ賞のシリーズ賞を受賞した、全十二巻の大作「奥右筆秘帳」シリーズを挙げておこう。奥右筆組頭《くみがしら》の立花併右衛門《たちばなへいえもん》と、彼に剣の腕を見込まれた隣家の次男坊・柊衛悟《ひいらぎえいご》が文武のコンビを組み、徳川幕府の闇と権力者の陰謀に立ち向かうという内容は、毎巻、密度が濃かった。次々と登場する、歴史の秘事を読んでいると、よくもまあ、これだけ史実を深く踏まえたフィクションが創れるものだと、感嘆しきりである。また、上田作品の最強の敵役《かたきやく》ともいうべき、冥府防人《めいふさきもり》のキャラクターも素晴らしかった。新刊が出ると、すぐさま手に取り、貪《むさぼ》るように読んだものだ。

だが、これほどの作品を執筆しても、作者は現状に満足していなかった。常に惰性《だせい》を嫌い、新たな世界を開拓したいと思っている作者は、二〇一三年十一月から翌月にかけて、『波乱』『思惑』を連続刊行。『波乱』の「あとがき」で、

「外様《とざま》大名の家臣を主人公にするのは初めての試みになります。いわば、政権与党から野党への鞍替《くらが》えです。今までと違い、幕府の圧力に抑えられる側から、江戸時代を描いてみたく、このような舞台を作らせていただきました」

と述べた、新シリーズ「百万石の留守居役」を立ち上げたのである。本書は、そのシリーズ第三弾だ。

さて、本書からいきなり読み始める人はいないと思うが、念のため、シリーズのアウトラインを記しておこう。主人公は、加賀《かが》百万石の藩士・瀬能数馬《せのうかずま》だ。もっとも瀬能家は、加賀藩に輿入《こしい》れした珠姫《たまひめ》に付き添い、旗本から加賀藩士になった家である。藩での立場は微妙であり、目立たないように存続してきた。ところが徳川四代将軍家綱《いえつな》の死期が迫ったことで、幕府の実権を握る大老・酒井雅楽頭《さかいうたのかみ》の権謀が動き出す。なんと五代将軍を、家康の血を引く、加賀藩主の前田綱紀《まえだつなのり》にしようと言い出したのだ。だが、その裏には、どす黒い計略があるらしい。

一方、加賀藩も一枚岩ではなかった。五代将軍の話を受けるべきだという御一門の前田直作《なおなり》は、反対する重職たちと対立し、命を狙われている。たまたま直作を刺客から助けた数馬は、否応なく、幕府と加賀藩の暗闘に巻き込まれていく。さらに瀬能家以上に、加賀藩で微妙な立場にある〝堂々たる隠密〟の本多政長《ほんだまさなが》に見込まれ、娘の琴《こと》姫と婚約した。綱紀より江戸に呼び出された直作の護衛として、同行することになった数馬。まだ世慣れていないところはあるが、文武の才を発揮して、直作を守り抜く。そして加賀藩の騒動は、一応の決着を見るのだった。――というのが、一・二巻の粗筋《あらすじ》だ。実は、ここまでがプロローグといっていい。だって数馬が、タイトルにある「百万石の留守居役」に就任するのは、本書からなのだから。

前田綱紀や本多政長の思惑によって、留守居役を仰《おお》せつかった数馬。難しい役目を覚えようと、苦心している最中である。しかし事態は、彼の成長を待ってはくれない。五代将軍の座を巡り、酒井雅楽頭を始め、幕閣や水戸藩、さらには朝廷までが蠢《うごめ》く。それに連動し、老中の堀田備中守《ほったびっちゅうのかみ》に拾われた、元加賀藩の留守居役・小沢兵衛《おざわひょうえ》が数馬に接近してきた。また、行き場を失った加賀藩の御為派《おためは》が、数馬に襲いかかる。さらには留守居役の仕事として、妾宅《しょうたく》を構えることを命じられた。敵も味方も曲《くせ》者揃《ものぞろ》いの江戸で、渦巻《うずま》く陰謀から加賀藩を守るため、新参留守居役は奮闘するのであった。

先にも触れたように、作者は本シリーズで、新たな世界に挑んでいる。しかし一方で、テーマは、「奥右筆秘帳」シリーズから続いている。そのテーマとは〝継承〟である。「奥右筆秘帳」シリーズの最終巻『決戦』の「あとがき」で、「さて、お気づきのとおり、奥右筆秘帳のテーマは『継承』であります」という作者は、

「そして継承の最たるものこそ、親子ではないでしょうか。父から息子へ、母から娘へ、伝えるべき言葉はいくつもあるはずです。昨今、生活形態の変化から、一緒に食事をしたり、遊んだりする機会が減り、親子の会話も少なくなっているといいます。仕事がある、塾に行って勉強しないと、など理由はあるでしょうが、そろそろ考え直す時期ではないでしょうか。変動の時代こそ、きっかけとすべきです」

と記しているのだ。なるほど本シリーズの登場人物の行動原理は、継承に基づくものが多い。家綱の意を汲んだ雅楽頭の計略から、豊臣《とよとみ》家が滅んだ理由まで、すべてが継承で解き明かされていく。それがすんなりと納得できるのは、史実の巧みな解釈の裏に、引用した文章のような作者の想いが込められているからなのだろう。現代の日本人に向けたテーマであるからこそ、読者の胸に響くのである。

こうした現代の日本人に向けた部分は、主人公の肖像についてもいえる。香取神道《かとりしんとう》

流《りゅう》の使い手である瀬能数馬は、最強とまではいわないが、本シリーズの登場人物の中では、かなり強い方に属する。まあ、チャンバラ・ヒーローなのだから、当然といえば当然だ。でも、だからといって刀で、すべてのケリがつくわけではない。なぜなら数馬は、加賀藩士だからだ。しかも無役だった一・二巻では、多少の自由があったが、本書で留守居役に就任。外様の雄藩である加賀百万石の外交官となってしまったからには、一挙手一投足が注目されている。下手な言動をすれば、たちまち主家に累《るい》が及ぶのだ。藩という枷《かせ》が、チャンバラ・ヒーローの行動を阻害する。だからこそ、さまざまな手段でそれを乗り越える数馬の活躍が、魅力的なのである。

ああ、そうだ。これは大沢在昌の警察小説「新宿鮫」シリーズと一緒だ。一九九〇年の『新宿鮫』から始まるシリーズの主人公・鮫島《さめじま》警部は、キャリア警官でありながら、警察組織の暗闘に巻き込まれ、飛ばされた新宿署で孤立しながら、警官としての誇りを失うことなく仕事に励むというキャラクターである。一匹狼の孤独なヒーローというのは、昔から、エンターテインメントの基本のひとつだ。それは時代小説の渡世人や、ハードボイルドの私立探偵など、社会や組織の規範から外れている場所に立っているからこその孤独であった。

だが「新宿鮫」シリーズは、組織に属するがゆえに孤立するヒーロー像を創り出した。そしてそれは、当時の読者にとって、きわめてフィットする感覚である。『新宿鮫』刊行の数ヵ月後にバブル経済が終わり、日本は〝失われた十年〟と呼ばれる不況に突入。リストラやコスト・カットなどの嵐が吹き荒れる中、多くの社会人が、隠忍《いんにん》自重《じちよう》を強いられた。会社や組織に属しているからこそ、厳しい生活をおくることになったのである。だからこそ組織で孤立しながら、己《おのれ》の生き方を貫く鮫島警部が、喝采《かっさい》をもって受け入れられたのだ。

過去を舞台にした時代小説とはいえ、書くのも読むのも現代人だ。今の日本と通じ合うところがなければ、ヒーローに感情移入するのは難しい。鮫島警部を想起させた瀬能数馬は、この点を鮮やかにクリアしている。いや、数馬だけではなく、上田作品のヒーローは、みんなそうだ。多数の読者から熱く支持されている作者だが、その人気の理由のひとつは、ここにあるといっていい。

と、真面目《まじめ》に論じてしまったが、本シリーズはあくまでも、痛快時代エンターテインメントだ。巨大な思惑から生じた波乱に立ち向かう、新参留守居役の戦いを、存分に楽しめばいいのである。えっ、そんなことは分かってる。もう読み終わって、早く続きが読みたいと、もだえ苦しんでいるだって。それは私も同じこと。酒井雅楽頭が、次に何を仕掛けてくるのか。留守居役になった瀬能数馬が、どう成長していくのか。そして琴姫の江戸出府《しゅっぷ》はいつになるのか。うおおお、気になってしかたがないではないか！

だが、速度と密度を両立させる作者である。数ヵ月後には、読みごたえのあるシリーズ第四弾を刊行してくれることだろう。それだけの〝度量〟を持った作家だからこそ、上田秀人のことが、好きで好きでたまらないのである。

本書は文庫書下ろし作品です。

|著者|上田秀人　1959年大阪府生まれ。大阪歯科大学卒。'97年小説CLUB新人賞佳作。歴史知識に裏打ちされた骨太の作風で注目を集める。講談社文庫の「奥右筆秘帳」シリーズ（全十二巻）は、「この時代小説がすごい！」（宝島社刊）で、2009年版、2014年版と二度にわたり文庫シリーズ第一位に輝き、第三回歴史時代作家クラブ賞シリーズ賞も受賞、抜群の人気を集める。「百万石の留守居役」は初めて外様の藩を舞台にした新シリーズ。このほか「お髷番承り候」（徳間文庫）、「御広敷用人大奥記録」（光文社文庫）、「闕所物奉行裏帳合」（中公文庫）、「妾屋昼兵衛女帳面」（幻冬舎時代小説文庫）、「表御番医師診療禄」（角川文庫）などのシリーズがある。歴史小説にも取り組み、『孤闘　立花宗茂』（中公文庫）で第16回中山義秀文学賞を受賞、『天主信長』（講談社文庫）では別案を〈裏〉版として書下ろし、異例の二冊で文庫化。近刊に『梟《ふくろう》の系譜　宇喜多四代』（講談社）。
上田秀人公式HP「如流水の庵」 http://www.ueda-hideto.jp/

新参《しんざん》　百万石《ひゃくまんごく》の留守居役《るすいやく》（三）
上田秀人《うえだひでと》

講談社文庫
定価はカバーに
表示してあります

2014年6月13日第1刷発行

発行者――鈴木　哲
発行所――株式会社　講談社
東京都文京区音羽2-12-21　〒112-8001
電話　出版部（03）5395-3510
　　　販売部（03）5395-5817
　　　業務部（03）5395-3615
Printed in Japan

デザイン―菊地信義
本文データ制作―講談社デジタル製作部
印刷―――凸版印刷株式会社
製本―――株式会社国宝社

ISBN978-4-06-277858-9

講談社文庫刊行の辞

二十一世紀の到来を目睫に望みながら、われわれはいま、人類史上かつて例を見ない巨大な転換期をむかえようとしている。

世界も、日本も、激動の予兆に対する期待とおののきを内に蔵して、未知の時代に歩み入ろうとしている。このときにあたり、創業の人野間清治の「ナショナル・エデュケイター」への志を現代に甦らせようと意図して、われわれはここに古今の文芸作品はいうまでもなく、ひろく人文・社会・自然の諸科学から東西の名著を網羅する、新しい綜合文庫の発刊を決意した。

激動の転換期はまた断絶の時代である。われわれは戦後二十五年間の出版文化のありかたへの深い反省をこめて、この断絶の時代にあえて人間的な持続を求めようとする。いたずらに浮薄な商業主義のあだ花を追い求めることなく、長期にわたって良書に生命をあたえようとつとめるところにしか、今後の出版文化の真の繁栄はあり得ないと信じるからである。

同時にわれわれはこの綜合文庫の刊行を通じて、人文・社会・自然の諸科学が、結局人間の学にほかならないことを立証しようと願っている。かつて知識とは、「汝自身を知る」ことにつきていた。現代社会の瑣末な情報の氾濫のなかから、力強い知識の源泉を掘り起し、技術文明のただなかに、生きた人間の姿を復活させること。それこそわれわれの切なる希求である。

われわれは権威に盲従せず、俗流に媚びることなく、渾然一体となって日本の「草の根」をかたちづくる若く新しい世代の人々に、心をこめてこの新しい綜合文庫をおくり届けたい。それは知識の泉であるとともに感受性のふるさとであり、もっとも有機的に組織され、社会に開かれた万人のための大学をめざしている。大方の支援と協力を衷心より切望してやまない。

一九七一年七月

野間省一

講談社文芸文庫

佐伯一麦
日和山
佐伯一麦自選短篇集
解説＝阿部公彦　年譜＝著者
さN2
「私」の実感をないがしろにしない作家は常に、「人間が生きて行くこと」を見つめ続けた。処女作から震災後の書き下ろしまで、著者自ら選んだ九篇を収めた短篇集。
978-4-06-290233-5

小島信夫
公園／卒業式
小島信夫初期作品集
解説＝佐々木敦　年譜＝柿谷浩一
こA8
一高時代の伝説的作品「裸木」や、著者固有のユーモアの淵源を示す「汽車の中」「ふぐりと原子ピストル」など、〈作家・小島信夫〉誕生の秘密に迫る初期作品十三篇を収録。
978-4-06-290232-8

大西巨人
地獄変相奏鳴曲
第一楽章・第二楽章・第三楽章
おU2
十五年戦争から現代に至る日本人の精神の変遷とその社会の姿を圧倒的な筆致で描いた「連環体長篇小説」全四楽章を二分冊で刊行。旧作の新訂篇である第三楽章までを収録。
978-4-06-290235-9

講談社文庫
書下ろし

上田秀人「奥右筆秘帳」シリーズ

人気沸騰！

□ 第一巻 **密《みっ》封《ぷう》**

ISBN978-4-06-275844-4

江戸城の書類決裁に関わる奥右筆は幕政の闇にふれる。十二年前の田沼意知事件に疑念を挟んだ立花併右衛門は帰路、襲撃を受ける。

□ 第二巻 **国《こっ》禁《きん》**

ISBN978-4-06-276041-6

飢饉に苦しんだはずの津軽藩から異例の石高上げ願いが。密貿易か。だが併右衛門の一人娘瑞紀がさらわれ、隣家の次男柊衛悟が向かう。

□ 第三巻 **侵《しん》蝕《しょく》**

ISBN978-4-06-276237-3

外様薩摩藩からの大奥女中お抱えの届出に、不審を抱いた併右衛門を示現流の猛者たちが襲う。大奥に巣くった闇を振りはらえるか？

□ 第四巻 **継《けい》承《しょう》**

ISBN978-4-06-276394-3

神君家康の書付発見。駿府からの急報は、江戸城を震撼させた。真贋鑑定を命じられた併右衛門は、衛悟の護衛も許されぬ箱根路をゆく。

□ 第五巻 **簒《さん》奪《だつ》**

ISBN978-4-06-276522-0

将軍の父でありながら将軍位を望む一橋治済、復権を狙う松平定信。忍を巻き込んだ暗闘は激化するが、護衛の衛悟に破格の婿入り話が!?

□ 第六巻 **秘《ひ》闘《とう》**

ISBN978-4-06-276682-1

奥右筆組頭を手駒にしたい定信に反発しつつも、将軍継嗣最大の謎、家基急死事件を追う併右衛門は、定信も知らぬ真相に迫っていた。

講談社文庫
書下ろし

痛快無比

上田秀人「奥右筆秘帳」シリーズ

□ 第七巻 隠《おん》密《みつ》

ISBN978-4-06-276831-3

一族との縁組を断り、ついに定信と敵対した併右衛門は、将軍家斉が毒殺されかかった事件を知る。手負いの衛悟には、刺客が殺到する。

□ 第八巻 刃《にん》傷《じょう》

ISBN978-4-06-276989-1

江戸城中で伊賀者の刺客に斬りつけられた併右衛門は、受けた脇差の鞘が割れ、老中部屋の圧力で、切腹、お家断絶の危機に立たされる。

□ 第九巻 召《めしかか》抱《え》

ISBN978-4-06-277127-6

瑞紀との念願の婚約が決まったのもつかの間、衛悟に新規旗本召し抱えの話がもたらされる。定信の策略で二人は引き離されるのか⁉

□ 第十巻 墨《ぼっ》痕《こん》

ISBN978-4-06-277296-9

衛悟が将軍を護ったことで立花、柊両家の加増が決まる。だが定信は将軍謀殺を狙う勢力と手を結ぶ。大奥での法要で何かが起きる⁉

□ 第十一巻 天《てん》下《か》

ISBN978-4-06-277437-6

将軍襲撃の衝撃冷めやらぬ大奥で、新たな策謀が。親藩入りを狙う薩摩からの刺客を察知した併右衛門の打つ手とは？女忍らの激闘！

□ 第十二巻 決《けっ》戦《せん》

ISBN978-4-06-277581-6

ついに治済・家斉の将軍位をめぐる父子激突。そしてお庭番を蹴散らした最強の敵冥府防人に、衛悟は生死を懸けた最後の闘いを挑む！

〈完結〉

講談社文庫
書下ろし

上田秀人「百万石の留守居役」シリーズ

□ 第一巻 波《は》乱《らん》

ISBN978-4-06-277703-2

外様第一、加賀藩主前田綱紀を次期将軍に擁立する動きに、藩論は真っ二つ。大老酒井忠清の狙いとは？　若き藩士瀬能数馬が駆ける。

□ 第二巻 思《おも》惑《わく》

ISBN978-4-06-277721-6

五万石の筆頭家老本多家の娘・琴と婚約することになった数馬は、御為派が狙う重臣前田直作の護衛役として江戸に急行することに!?

□ 第三巻 新《しん》参《ざん》

ISBN978-4-06-277858-9

幕府や他藩との折衝にあたる留守居役は藩の顔。重責を担うには、数馬は若すぎた。初仕事は、老中堀田家へ逃れた前任者の始末か!?

〈以下続刊〉